かわうそ堀怪談見習い

柴崎友香

角川文庫
22031

目次

かわうそ堀怪談見習い

ゼロ　窓

今年の夏でも特に暑い日だった。

バスで、運転席のすぐうしろに座っていた。交差点でバスが停止すると、うぅぅぅん、とエンジンも止まって車内は急に静まりかえった。

エレベーターに乗り合わせたもの同士のように、少ない乗客のあいだには気詰まりな空気が流れ、わたしはなんとなく窓の外へと視線を逸《そ》らせた。反対車線の角のところには、たばこ屋があった。シャッターは下りて、自動販売機だけが五つも並んでいる。古ぼけたテントは破れたままで、
その窓で、なにかが動いた。

猫、と思ったが、それは人の腕で、それから顔が現れた。

おばちゃん、という印象の人。もこもこした髪型。窓に両肘《りょうひじ》を乗せ、交差点をぼんや

り見下ろしていた。暑いのに、とわたしはなんとなくその窓を見ていて、急に思った。

もしかして、わたしだろうか。

あの人、わたしを、見ている。

そのとき、膝《ひざ》に抱えた鞄《かばん》の中でスマートフォンがメールを受信したことに気づいた。取り出して開いてみると、去年エッセイを書いた地域情報誌の編集者だった。

〈新居は落ち着かれましたか？

来週の生島《いくしま》さんと鈴木《すずき》さんとのイベントにはお邪魔する予定です。どんなお話が伺えるか、楽しみにしております。

まだまだ暑さが続くようですが、どうかご自愛ください〉

鈴木さん？

確かに、わたしは来週金曜の夜に書店で生島みなみさんと対談イベントをすることになっている。同じ雑誌で連載していた生島さんの旅行記の刊行記念だ。

だけど、鈴木さんは、知らない。

鈴木。ありふれた、日本で多い名字の上位を争う名前だが、自分の知り合いにいるのは小学校の同級生と会社員時代の上司だけだ。生島さんやわたしの周りの作家や出版関係者を思い浮かべても、これという人はいない。

誰と間違えているのだろう。

まあ、来週のイベントに来るのだったらこの人も間違いに気づくだろうから、そのときに……。

ぶるん、とエンジンが再び振動し、バスが動き出した。視線を外へ戻すと、たばこ屋の二階の窓はぴったりと閉まっていた。窓の内側の灰色のカーテンまで閉じ、人の気配のまったくないその窓を、徐々にスピードを上げていくバスから見送った。違う。わたしのほうが見送られている、と感じていた。

マイナス一　怪談

「恋愛小説家」、と自分の顔写真の下に肩書きがあるのを見て、今のような小説を書くのはもうやめよう、と決意したのだった。

女性向けファッション誌の、恋愛相談特集ページ。五年つき合っている彼が結婚するつもりと言いながら具体的な話をすると機嫌が悪くなります、という二十八歳契約社員に、いつか煮えると思って煮込んでいても素材が石や木なら時間をかけてもどうにもなりません、と何年か前に女友だちが言っていたことをそのまま答えた。幸せになってほしい。しかし見ず知らずの人の先行きよりも、自分のこれからである。とにかく。

「恋愛小説」を書いたつもりではなかったのだが、デビュー作がなんの幸運か連続ドラマになり恋愛ものとして人気が出たためにその後の依頼も「恋愛」ばかりとなって、いつのまにかそんな肩書きになって偉そうに恋愛相談などに答えたりもしてしまった。ごめんなさい。

とにかく。どうやら自分は恋愛というものにそんなに興味がなかったのではないか、とこの数年うすうす気づいていたことが、届いたその雑誌のページを開いた途端にクリアに理解できた。ではどうするか。別のジャンルの作家になろう。別の棚に並べられる本を書こう。

わたしは、怪談を書くことにした。

一　鈴木さん

〈先日はお忙しそうでしたのでご挨拶《あいさつ》もせず失礼してしまいましたことお許しくださ

い。たいへん興味深いお話でした。特に、谷崎《たにざき》さんの遠くへ出かけなくても旅はできるというお話には膝《ひざ》を打ちました。鈴木さんも、おもしろい方ですね。楽しい時間をありがとうございました。

またお願いしようと考えている企画がありますので、来月あたりご連絡させていただきます〉

ノートパソコンの画面に表示された短い文面を、わたしは三度読み直した。

鈴木さん。

先週末、生島みなみさんとの対談イベントは無事に終わった。始まった直後、会場のうしろのほうにこのメールの送信者である編集者の顔が見えてあとで挨拶しようと思ったのだが、終わるといなくなっていた。

書店の喫茶スペースで、生島さんとわたしの他に司会を務めてくれた書店員さんもいたが、「鈴木さん」ではない。

前回のメールでなにも触れなかったのに、今さら聞いてはおかしいのではないだろうか。気の遣いどころがずれまくっている、と友人に評される性格の妙なところが頭をもたげてきて、なんて返事を書こうか、逡巡《しゅんじゅん》しながら日差しの強い道を歩いた。

ひと月前に引っ越した。三年ぶりに、郷里の街に戻ってきた。新しいことを始めるのに、ちょうどいいかもしれない。

郵便局の自動ドアが開いた瞬間、人工的に冷やされた空気がわたしを包み、すっと体が楽になった。

ちょうどお昼時で、狭い郵便局は混んでいた。隅の台で、口座の住所変更届を書く。かわうそ堀、という地名を書くたびに、いいところへ引っ越したと思う。

近くに大きな図書館があるので、地名辞典を調べてみたが、由来は定かではなく、いくつかの説が書かれていた。

川内惣次郎《かわうちそうじろう》の開墾した土地であった、「鷽《うそ》」という小鳥が来る川があった、「川鵜《かわう》」が多く見られた、橋のたもとで嘘の道を教える人があった、などなど。

いずれにしろ、けものの「獺《かわうそ》」ではないようだ。あのかわいいかわうそが泳いでいてくれたらどんなに楽しいかと思うが、明治の初めまであった堀は埋め立てられ、今は市バスの走る通りになっている。その東側に「かわうそ堀一丁目」「かわうそ堀二丁目」があり、わたしの新居は二丁目にある。

かわうそ堀二丁目　アーバンハイツかわうそ２０３号。

あまりに暑くて、帰り道のコンビニでサイダーを買った。

窓際に置いた机に向かい、ノートパソコンを開いた。出がけに読んだメールを、また読んでしまう。

〈鈴木さんも、おもしろい方ですね〉

鈴木さんて、どなたですか？

結局、そのひと言を書きそびれたままお礼の返信を送った。

月末になった。大型書店で地図と好きな作家の新刊を買ったあと、駅の反対側の商業ビルに向かった。

うっかり週末だということを忘れて出かけてきてしまったが、どこに行っても混雑していた。駅は大きな荷物を持ったテーマパーク帰りの女の子たちの甲高い声や母親に引きずられる疲れ切った子供の泣き声がコンコースに反響して、頭が痛くなりそうだった。夏休みも終わりか、というよりは、夏休みというものがある人たちがこんなにいるんだなーと、羨《うらや》ましいのと大変そうという気持ちが入り交じった、基本的には他人事《ひとごと》の感情で周りを眺めながら、ようやくたどり着いた洋服屋も当然人がいっぱいだった。

畳むのが間に合わず乱雑に洋服が重なった棚の向こうに、懐かしい顔の店員さんを見つけた。

三年前まで、わたしはこの店を毎週のように訪れていた。デザインが気に入っているのはもちろんだが、サイズや形が体に合うので重宝していた。駅ビルの三階にある店は、来ていないあいだに改装され、壁も床も真っ白に変わっていた。

応対していた客が離れたのを見計らって、わたしは店員さんに遠慮がちに声をかけた。

「ご無沙汰《ぶさた》してます」

「わー、お久しぶりですぅ」

彼女は、わたしの名前まで覚えていてくれた。

「そろそろ来られるんじゃないかって思ってたんですよー」

「え？」

「またこちらに戻ってらっしゃったって伺ってたので。鈴木さんから」

「……鈴木さんって」

わたしが聞きかけたら、

「店長ー、確認お願いしまーす」

と、レジの女の子から大きな声が飛んできた。三年のあいだに、彼女は店長に昇格していたようだ。

「ちょっとすみません」

「こちらこそ、お忙しいところにごめんなさい。また伺いますね」

「ぜひいらしてください」

彼女は店長としてレジカウンターに入っていった。わたしは、買うつもりではなかったが、せっかくなので、秋物のジャケットをいくつか見て、そのうちの一つを合わせてみようと鏡の前に立った。

黒のジャケットは、衿《えり》が小さめで着るとちょうどいい形になりそうだった。来週にでも空《す》いていそうな日に試着に来ようか、と鏡の中の自分を見ていたら、ふと、視線を感じた。

鏡の中のわたしのうしろには、店にいる他の客や通路を歩いて行く人たちが、何人も映っていた。その中から、誰かがこっちを見ているような気がしたのだった。だけど、振り返ると、その気配は消えてしまった。

わたしはジャケットをハンガーに戻した。店を出るとき、レジのほうを確かめたが客が並んでいて店長は忙しそうだった。

エスカレーターで降りながら、「鈴木さん」のことを考えた。やはり、小学校の同級生と会社員時代の上司以外、思い出せなかった。

思い出せないけど、知っているのかもしれない。

わたしが、誰かのことを、忘れているだけかもしれない。

二　台所の窓

怪談を書こうと決意したものの、わたしは幽霊は見えないし、そういう類《たぐ》いのできごとに遭遇したこともない。

取材が必要だ、と気がついた。

たまみに会うことにした。メールをしてみると、じゃあ明日、とすぐに返信が来た。

かわうそ堀は、わたしが十二歳から三十歳まで、三年前まで住んでいた区の、隣の区にある。かわうそ堀自体は埋め立てられて道路になっているが、少し南へ行くとちゃんと水が流れている川がある。この数年で、川べりが整備され、周辺に飲食店がいくつもできた。

たまみが指定してきたのは、その一角にオープンしたばかりのパン屋兼カフェだった。近ごろ流行《はや》りの呼び名では、ブーランジュリーと言うらしい。

たまみは、中学の同級生だった。高校は離れたが、二十歳を過ぎたころにあるライブ会場でばったり会って以来いっしょに映画や食事に行くようになった。二十四歳で友人たちのあいだではいちばん早くに結婚して再び疎遠になっていたが、三年前に離婚して、今は家業の不動産屋の手伝いをしている。要するに平日昼間に自由が利く貴重な友人である。

「ランチは、パン食べ放題やから」

と、すでにこの店に二度来ているたまみは自慢げに教えてくれた。お昼のピークを外したので、窓際のテーブルに着くことができた。材木倉庫を改装した建物の二階からは、川がよく見えた。コンクリートの堤防とマンションが続く愛想のない風景だが、それでもぽっかりと見渡せる空間は気分がいいものだ。

わたしは豚の生姜焼き《しょうが》（メニューにはポークのジンジャーソースと書いてあった）、たまみは鶏《とり》のバジルソースを選んだ。

たまみは、中学のとき、人魂《ひとだま》を見たことがあると言っていたし、修学旅行や遠足でもその怪談話は人気だった。二十歳を過ぎてからはあまり怖い話はしなかったように思うが、機会がなかったからなのか、たまみ自身にそういう感覚がなくなったとか興味がなくなったとかいうことだったのかはわからない。わたしも忘れかけていたのだが、誰に取材しようかと考えていて、中学時代に教室のうしろでたまみを囲んで怖い話を聞いたことを思い出したのだった。

あのときのは、どんな話だったっけ。

カウンターに並べられた八種類のパンを二人でひと通り取ってきて、メインの料理が運ばれてきてから、わたしは怪談作家を目指した顛末《てんまつ》と、たまみに取材をしたいことを、伝えた。

　くるみパンをちぎりながら、わたしのことをたまみは、ようわからんこと言うなあ、恋愛のほうがイメージええのに、と笑った。それから、窓の外、川の向こう岸に立つマンションのほうに目をやってつぶやいた。

「怖い話、ねえ」

　そして、怪談と言っていいかわからないけど、ずっと気になっていることがある、と話し始めた。

　十年以上前のこと。たまみは、結婚する少し前、このあたりではいちばんの繁華街にあるクラブ（踊らないほう）で数か月だけアルバイトをしていた。

　その日もいつも通り夕方に出勤すると、妙な雰囲気が店を覆っていた。狭い控え室で、一人の子を同僚たちが囲んでいた。中心にいたのは、大学生の女の子。顔色は悪いし見てわかるほど震えているし、かなり様子がおかしかった。仲のいい子が、肩に手を添えてだいじょうぶ？　だいじょうぶ？　と繰り返し、お茶を飲ませたりしていると、やっと口を開いた。

　彼女は四国の出身で、アパートで一人暮らしをしていた。ちょっと古めの木造アパートの二階、真ん中の部屋だった。昼過ぎに起きたときから、なにかへんだった。目が覚めたのにまだ夢の中にいるような、間違ったところに来てしまったような、そんな感覚だった。

冬の終わりのそんなに寒くない日だったが、布団から出るのもおっくうだった。もう一度眠りたい、と二度寝をしないタイプなのに、しばらくぐずぐずしていたのだそうだ。

しかし眠くならないので、体が重いと感じながら、服を着替え、お湯を沸かそうとやかんをガスコンロに置いた。

静かなのがなんとなくいやで、テレビをつけた。ワイドショーで俳優の不倫・離婚騒動を伝えていて、ばかばかしさに少しだけほっとした。

お湯が沸いたので、台所でコーヒーを淹《い》れていると、背後でぱちん、と音が鳴った。振り返ると、テレビが消えていた。まだブラウン管の、確かテレビデオだった、わたし、二回その部屋に遊びに行ったことあって、とたまみは、記憶をたぐりながら言った。

ブレーカーかな、とその子は一瞬思ったが、エアコンは暖かい風を噴き出している。それに、テレビの画面は真っ暗だが、小さく声は聞こえてくる。小さく、うじゃうじゃうじゃうじゃ……。どうしても、なにを言っているか聞き取れなかった。

彼女は、四畳の台所に六畳間の空間を見回した。いつもと、変わりなかった。

ただ、台所の窓が、よく見ると、少しだけ開いている。外廊下に面した、格子のはまった小さい窓。二センチほどだろうか。古びたアルミサッシに隙間があった。窓、閉めたはずなのに、とその二センチの細長い空間を見つめていると、じわじわとそれが広がり始めた。

そこに、……、窓に、
と、そこで彼女は息を飲み込み、自分の腕で自分自身を抱えるようにして、しばらく床を見つめていた。それから、

……やっぱり、無理。

……どうしても、自分の口で言うのが怖い。

と、それだけ言った。

幽霊？　とたまみは聞いた。別の子は、ストーカー？　と聞いた。

そんなんじゃない、そんなんじゃない、と女子学生は首を振った。

あれは絶対に、そういうのじゃない。

同僚たちは、なにかにすがるように顔を見合わせたが、誰もそれ以上なにもできなかった。店が開く時間が迫り、事情を知らないお店のママは体調が悪いのだと思い込み、そんな陰気な顔でお客さんの相手できへんやろ、と彼女を帰らせた。

そのあと、彼女はバイトに来なくなった。

仲がよかった同僚から、アパートの部屋は空になっていた、四国の実家にしばらく帰っているらしい、と聞いた。ひと月もしないうちにたまみはそこを辞めたので、そ

のあとのことは知らない。

十年以上経つけど、なんか、ときどき思い出してしまうねん、とたまみは言った。そして眠れないくらい、恐ろしくなる、と。

「もし、なにがあったんか聞いてたら、そんなに怖くなかったかもしれへんとも思うねんな。なんかわからんままやから、自分が最強に怖いもんを、あれこれ想像してまうんかも」

たまみは、食後に運ばれてきたアイスコーヒーをストローでかき混ぜながら、肩をすくめて笑った。

でもな。

いつか、自分にも同じことが起こりそうな気がして、怖いねん。思い出すたびに、あの子がなにを見たんか、気になってしかたない。わたしの、想像の中に浮かぶのは、ただ真っ白い空間で、どうしても具体的ななにかの姿にはなれへんねん。

ただ、真っ白の、なんもない、からっぽの……。

たまみの話を聞いているあいだに、わたしは、自分にも似たような覚えがあることを、思い出しかかっていた。

キャンプに行ったときに……。

キャンプに行ったときに、夜、テントで……。

　あれは、誰が話そうとしていたんだろう。いつ、誰に、聞いたんだろう。なぜ、そこまでしか聞かなかったんだろう。

　わたしはたまみにお礼を言い、これからもときどき話を聞かせてもらえないか、と頼んだ。ランチ、なんだったら晩ごはんもつけるから。

　アイスコーヒーを全部飲んでしまってから、たまみが急に言った。

「怪談を書くんやったら、お祓《はら》いに行かんでええの？」

「行かなあかんかな」

「だって、ホラー映画とか必ずお祓いの人呼んでやってるやん。やっぱり、そういうのって、呼ぶって言うやろ？　怖い話してるだけで、寄ってくるっていうやん。だから、今だって……」

　わたしたちは、窓の外を見た。

　窓の下を流れていく川も、元は掘割だった。遡《さかのぼ》ると、城にたどり着く。川面《かわも》を、平べったい船が滑っていく。人の影は見えない。船には、大量の石が積まれていた。敷石に使うような、握り拳《こぶし》ぐらいの粗く割られた石。閉めきられた窓からは、なんの音も聞こえてこなかった。

　地下鉄のホームで、反対方向に乗るたまみと別れた。たまみの列車が、先に来た。ドアが閉まる前に、たまみは言った。

「幽霊、見たことないって言うたやん」

わたしは頷《うなず》いた。

たまみは、わたしの目をじっと見た。

「それ、ウソついてるで」

ドアが閉まり、車両は動き出した。窓越しに、たまみは笑顔で手を振って、離れていった。

三　まるい生きもの

レイトショーを見たので、遅くなった。

もうすぐ日付が変わるというところ。

地下鉄の出口から、うちまでは徒歩七分。このあたりはオフィスビルとマンションが混在していて、昼間は人も車もけっこう通るが、夜になると急にさびしくなる。片側三車線ある元かわうそ堀のバス通りも、川底みたいに静かだった。

かわうそ堀一丁目には、公園がある。うなぎ公園という。しかし、かわうそが「獺《かわうそ》」でないように、魚の「鰻《うなぎ》」ではないらしい。正式には「羽凪《うなぎ》公園」と書く。海も近いので、「凪」はわかるが、「羽」はなんの鳥だろう。

地下鉄の出口からうちまでは、うなぎ公園の横を通って帰る。夕方まで降っていた雨のせいで、歩道のブロックには濡《ぬ》れているところが残っていて、まだら模様になっていた。

うなぎ公園の入口の前で、わたしは足を止めた。止めた足のすぐ前に、まるくて白っぽいものが落ちている。

ピンポン球よりちょっと大きいくらいの、やわらかそうな膜みたいなものに見える。街灯の光がケヤキの梢《こずえ》で遮られた暗いところで、蛍光塗料っぽく、ぼんやりと光っている。

ぷっくりと、蛙《かえる》の喉《のど》のようでもあるし、子供のころよく食べたビニールに入ったたまごアイスにも、色も質感もよく似ていた。

そのまるいものに、足が生えている。四本、バッタのうしろ足のような、真ん中で折れた足。

じっと見ていると、その足の二つが、ゆっくりと動いた。そうして、ぱたん、と全体がひっくり返った。

ひっくり返っても、同じ形だった。まるい部分は、まるいままだった。

しかし、ぷくっとひと回り膨らんだような気もする。

ぱたん、ぱたん、ぱたんぱたんぱたんぱたんぱたん。

まるいものは急に動きを速め、転がるようにして、公園の植え込みに入っていった。

四　文庫本

昨夜まで読んでいた本がない。

怪談本。

スマートフォンと一緒にソファに置いたはずなのに。

その本は、先週、古書店街に立ち寄ったときに買ってきた。

古本屋で買ったものではあるが、なにかいわくがあるような年月を経たものでも、めずらしいものでもなかった。

十年ほど前に出た怪談集で、表紙カバーもきれいだった。まだ新刊書店でも売っていそうなものだったが、別の本を買うついでに、なんとなく目についたそれも一緒にレジに持っていったのだった。

わたしは二、三冊を並行して読むタイプで、先週からはその怪談集と、SF長編と料理エッセイを常にまとめて移動させ、そのときどきの気分であっちを読んだりこっちを読んだりしていた。

　昨夜は寝る前に、その怪談集を読んでいた。朝起きたとき、枕元にはちゃんと、三冊の本があって、スマートフォンと一緒にリビングへ持ってきて、ソファの上に置いた（書き忘れていたが、アーバンハイツかわうそ２０３号のわたしの部屋は、１ＬＤＫ。細長い造りで、玄関脇に寝床にしている四畳半の洋室と、リビング兼仕事場の十一畳。バス・トイレ別で、ベランダもある）。

　置いたはずなのだが、洗面台で身支度をして戻ってくると、スマートフォンと、ＳＦ長編と料理エッセイしかなかった。あれ、と思い、四畳半の洋室に戻って、ベッドの上、下、床とひと通り見てみたが、ない。

　不思議に思ったが、とりあえず今日締め切りのエッセイの原稿を書いて、素麺《そうめん》を食べ、再び捜索を始めた。

　本棚も全部確認したが、ない。

　寝る前に読んでいた話が、思い出される。ある作家が子供のころに田舎の大きな家に泊まった夜の話で、夜中に目が覚めると、中庭から白い影が入ってきて……。そのあたりで眠ってしまった。

　正直に言って、わたしは片付けるのが苦手だ。出がけに、鍵《かぎ》がない、スマートフォンがない、と慌てることもしょっちゅうある。だけど、その性質をわかっているから捨てることには慎重で、間違って捨てたなどということはめったになく、しばらく捜せばたいていのものは出てくる。まして今回は、文庫本。どこかに入り込んでわからないというような小さすぎるものでもない。

そして、もう三日もあちこち見ているのに、見つからない。おかげで、部屋中ずいぶんと片付いた。まだ残っていた引っ越しの段ボールの最後の二つまで、全部整理した。まあ、こういうのは、しばらく経って別のものを捜しているときにひょこっと出てきたりするものだから。なんだったら、次に引っ越すときに見つかるかも。と、捜索は打ち切りにした。

二週間経って、打ち合わせに出たついでに、古書店街へ行ってみた。あの怪談本を買った店に入って、棚を見始めると、それはすぐに見つかった。

正確に覚えているわけではないが、前にあったのとたぶん同じ場所に、同じ怪談本があった。

一度は自分の家にあったそのものなのか、それともただ同じ本なのか、わからない。とにかく、わたしはそれをもう一度買って帰った。そして、続きを読んだ。田舎の大きな家で子供が遭遇したのは、自分が生まれる前に死んだひいおばあちゃんだった。

怪談本は、三日後に、また行方不明になった。

今度は、外出中だった。どこかで読もうと鞄《かばん》に入れて出たものの、時間がなくて喫茶店でひと休みできなかったので、結局本を開かないまま帰ってきた。

そのはずだが、ない。

財布もデジタルカメラも無事なのに、文庫本だけ掏《す》られるなんてことはあるだろうか。もしくは、かなり深さのあるトートバッグの中から外に飛び出していってしまうことは。

週明けに、わたしはまた古書店街に行ってみた。まっすぐにあの古本屋に向かい、入ってすぐの棚の下から二段目を見た。

やっぱり。

あの怪談本は、そこにあった。

棚から抜き出して、開いた。ちょうど百ページ目のところの左上に、鉛筆で☆印をつけておいたのだった。

あった。

つけておいた鉛筆の印が、ある。確かに、自分で書いた右上がりのちょっといびつな☆だった。

次のページになにか書いてあるのが、透けて見えた。わたしは、ほんの少し怖くなりながら、一ページめくった。

ページをめくったそこには、余白にボールペンで殴り書きの文字が書いてあった。

「ほっておいてください！」

慌てて本を閉じ、元の棚に戻した。

レジを見ると、若い男が店番をしていた。帳面かなにかに書き込みをしている。日に焼けて体格もいい、こういう店ではめずらしい男だった。

「あのー」

わたしは声をかけた。

「あの、すみません」

男は顔を上げず、まるでなにも聞こえていない様子で、うつむいて文字を書き続けていた。

五　雪の朝

朝、カーテンを開けて外を見ると、銀世界だった。

……いつもと違う白い街の明るさに、つい、そう思ってしまったが、大げさな表現だった。お詫《わ》びして訂正したい。雪が舞い、建物の屋根や道路にも積もっていたが、うっすら、ほんの一、二センチ程度だろう。お菓子の家に粉砂糖をふるってかけたのに似ている。

それでも、大阪の街、かわうそ堀一帯の風景は一変していた。マンションやビルの灰色と、アスファルトの黒灰色の部分が白くなるだけで、こんなにも明るくうつくしく見えるものなのかと感心して、しばらく眺めていた。

隣の部屋の人もベランダに出て雪を見ているのか、仕切り板越しに話し声が聞こえる。しかし、すぐそばのはずなのに、なにを言っているのかは聞き取れない。隣は確か、わたしと同じような年の女の人のはずだが、声はもっと低い。恋人が泊まりに来ていたのだろうか。雪だ、と聞こえた気がした。仕切り板のほうを見ると、ちょうどベランダの手すりとの境あたりに影が見えた。目、と反射的に思った。こっちを見ている、とどきりとした次の瞬間、顔を出したのはカラスだった。そして、手すりから飛び立った。白い風景の中に、黒い羽を広げてカラスは上昇していった。隣の話し声はもう聞こえなくなった。

どんよりと重く下がった灰色の空から、白い雪はいくらでも落ちてきた。テレビでは関東地方が数十年ぶりの大雪だと繰り返している。もしかしたら、これは大阪でも本格的に積もるのかもしれない、と期待したが、昼、出かけるころにはもうやんでしまった。

六　蜘蛛

それでも、道路は渋滞し、バスは遅れた。電車も遅れている路線があるらしい。郊外ではもっと積もったところもあるのだろう。

というわけで、わたしもたまみも、ちょうど十五分遅刻し、どちらも待たせずにすんだ。

怪談のネタ提供しよか、とメールをくれたたまみの指定で、本日のランチは築百年近くになる煉瓦《れんが》造りのビルの中にある喫茶店。建物を覆う蔦《つた》は今は葉が落ちて、茶色い大量の紐《ひも》に絡まれたような、ファンタジー映画に出てくる廃墟《はいきょ》みたいな外観になっていた。

こぢんまりしたビルで入口やホールの天井も低いが、店に入ってみると意外に広く、そのいちばん奥のテーブルについた。壁には模様の入ったタイル、ランプの形の照明。前を通ったことは何度もあったが中に入ったのは初めてで、外から見た薄暗そうな雰囲気ともずいぶんギャップがあったので、ドアを境に別の空間につながっている場所みたいだと思った。子供のころ、そういう場所の話を読むのが好きだった。たとえば、簞笥《たんす》の中やいつもは使っていない階段の先に、別の国があるお話。

それぞれハヤシライスを注文し、それからチーズトーストを二人で分けることにした。たまみはマッシュルームみたいな髪型になっていて、似合っていた。ハヤシライスを食べ始めたとき、たまみのちょうどうしろの壁を動いていく黒い点に気づいた。蜘蛛《くも》だった。小さな、どこにでもいるいちばんポピュラーなハエトリグモ。わたしの視線を追ったたまみは、その蜘蛛をしばらく眺めていた。蜘蛛はやがて壁とソファの隙間に入っていった。

溶けたチーズの載った分厚いトーストを一切れ手に取り、たまみは言った。

「わたしな、蜘蛛に恨まれてるねん」

「蜘蛛に？」

「うん。蜘蛛に、配偶者の仇《かたき》やって思われてる」

ハヤシライスをゆっくりと食べながら、わたしはその話を聞いた。

たまみは、高校一年の終業式につきあっていた男の子に振られた。つきあっていた、といっても、たった三週間のことだった。下校時に駅で隣のクラスのTくんに告白され、たまみはそれまでしゃべったこともなかったが、見た目もそれなりでやさしそうに思えたので、受諾した。しかし、折悪しく期末テスト前だったので、じゃあテストが終わったら遊びに行こうと約束し、実際テスト終了の翌日に水族館に二人で出かけたのだが、グロテスクな形の魚や甲殻類を見るたびに、ぐおー、ぐえー、かわいすぎるわー、たまらんなー、などとたまみが素直に大声で反応して彼は置きざりになってしまったため、連絡が途絶え、終業式のあとで別れを告げられたのだった。

「だって、猫かぶったってあとからばれたら一緒やし、向こうが好きって言うてきたんやからそれぐらい受け入れてくれると思ってん。わたしも若かったんやな……」

夏休みはTくんと遊びに行こうとの目論見《もくろみ》は淡く消えた。仲のよい級友らは運動部で毎日のように練習、さらには合宿まであって、かといって暑い中アルバイト探しをするのも面倒で、夏休みがたいへん暇になってしまったため、祖母の家に行くことにした。

父方の祖母の家は、瀬戸内海《せとないかい》に面した小さな漁港の町にあった。入り組んだ海岸線の奥、入り江に面した斜面にできた集落で、昔は海運で栄えていた時期もあったがそのころには陸の孤島的な過疎の町になっていた。さびしい町のさらに外れに、祖母の家はあった。町の中心から海沿いの道を上がったり下りたりして隣村へ向かう途中の谷間《たにあい》、数軒しかない集落の一軒だった。古民家というほどの風情もない、木造一部トタン張りの古びた二階建て。近隣の家も似たようなものだった。

少し離れた街に住む叔母《おば》に車で送ってもらい、一応は海が見える祖母の家に着いたとき、たまみにとってはジブリ映画の一場面に変換されており、荒井由実《あらいゆみ》の歌が（脳内にだけ）流れていた。

祖父はすでに亡く、祖母一人だった。

二階の、昔たまみの父親が使っていた部屋に布団を用意してくれていた。部屋は少々かび臭かったし、谷間はまだ夕方早い時間なのに日陰になっていた。隣の家からはおっさんのカラオケの歌が聞こえてくるし、その時点でユーミンの歌は霧散して、ここは女子高生が夏休みを過ごす場所ではないのかもと思ったが、とりあえず荷物を片付けた。

そのとき、壁をなにかが動いた。なにげなく目を遣《や》って、たまみは、息をのんだ。蜘蛛だった。とても大きな蜘蛛。大阪の家では見たことがないどころか、想像もしなかった巨大さ。

足も入れて、掌《てのひら》をいっぱいに広げたくらい。灰色のぽってりした胴体はみかんほどの大きさで細かい毛に覆われている。足はそんなに長くない。緩く曲げられている。動けずにいると、棚のうしろからもう一匹出てきた。そっくりな、まったく同じ大きさの蜘蛛。背中の灰色と茶色の模様だけが少し違う。二匹は、十センチほどの間隔を保ったまま、天井へ這《は》っていった。

たまみは、部屋の反対側にじりじりと後ずさった。そして、できるだけ気配を消したままドアから出、階段を下りた。階段の下では、祖母が畑から穫《と》ってきたキュウリをざるに並べていた。

「ばあちゃん、蜘蛛が、めっちゃでっかい蜘蛛……」

祖母は、たまみが指さした二階をちらっと見たが、特に関心もなさそうに返した。

「なんっちゃ怖いことない。なんもせんわい」

確かに、そうなのだろう。タランチュラは外国にしかいないし、蜘蛛に咬《か》まれた話は聞いたことがない。林間学校のときも特大サイズの蛾を見て大騒ぎした典型的な都会育ちのたまみは、過剰に怖がっているだけだと自分でもわかっていた。

気持ちを落ち着けようと、海まで出てみた。水はきれいだが、砂浜ではなく小石がごろごろ、コンクリートの桟橋にはフジツボがびっしり。ところどころに海藻がひっかかり、潮の香りというよりは生臭かった。

傷心旅行という名目で来てみたが（そんな恥ずかしい言葉は誰にも言っていないが）、心の傷というほどのこともなし、自然が大好きというわけでもなし。風景が変わったくらいで気持ちが変わるわけではないことに、早々に気づいた。薄暗くなり始めたので、祖母の家に帰った。蚊に十か所以上刺されていた。

とにかく退屈で退屈で仕方がないので、持ってきた宿題をやるしかなかった。一階の縁側に面した和室で宿題をやっていて、ふと振り返ると、大蜘蛛がいた。二階の部屋で見たのと同じ蜘蛛だろう。そのうしろには、やっぱりそっくりの蜘蛛がついてきている。

「つがいなんや」

たまみは思った。二匹でゆっくりと縁側のほうへ移動していった。どこへ消えるんだろう。おそらく、巣を張るタイプではなくて、走って獲物を捕まえる種類だ。

そのあともう一度、夜に洗面所でも同じ蜘蛛を目撃したが、やはり二匹で並んでゆっくり移動していった。仲が良くてうらやましいとさえ、そのときは思った。

二日目の夜のことだった。トイレから出てくると、台所の床に蜘蛛を見つけた。少し距離をあけて、ちゃんと二匹。流しにちょうど祖母が立っていた。

「あ、ばあちゃん、蜘蛛ってあれ」

たまみは、祖母の近くにいた蜘蛛のほうを指さした。

「どこい?」

祖母は振り返って、すぐに蜘蛛を見つけると、非常に自然な、素早い動作で、テーブルに置いてあった新聞紙をつかむと、蜘蛛を叩《たた》いた。

「こら!　こら!」

一瞬のできごとだった。祖母は、二、三度新聞紙を振り下ろした。ばしん、ばしん、と静かな部屋に音が響いた。

「違う、」

たまみはなんとか声に出したが、そのときにはもう遅かった。

「ほら、これでええか」

わたしはそんなつもりじゃなくて蜘蛛をいっしょに見てほしかっただけなのに、と思ったが、蜘蛛は、もう動かなかった。体はつぶれてもいず、今にも動き出しそうだったが、無力に伸びた足は見ていても何の反応もなかった。こんなに大きくて強そうに見えるのに、ばあちゃんが新聞紙で叩いたくらいで死んでしまうなんて。大阪の家にときどき現れるしぶといあいつ（嫌いすぎて名前を出すのもいや）とはえらい違いだ。

祖母は、叩いた新聞紙で器用に蜘蛛をすくい上げ、ごみ箱に捨てた。

「もう、終《しま》い」

そのとき、たまみが思い出して部屋をぐるりと見回すと、もう一匹は天井にいた。灰色の、死んだ蜘蛛とそっくりの蜘蛛。逃げ出して、あの蜘蛛が叩かれて動かなくなるのを、天井から見ていたのだろう。そして今は、わたしを見下ろしている。とたまみは感じた。わたしのことを見ている。

「早《は》よ風呂《ふろ》入り」

祖母の声が飛んできて、天井の蜘蛛を気にしながらも、そこから離れた。

翌日の午前中、和室でテレビを見ていると、誰かが見ている気配を感じた。振り返ると、たまみの視線のまっすぐさきに、蜘蛛がいた。体の前のほうを持ち上げ、その丸みのある胴体は呼吸するようにかすかに上下していた。

「ごめんなさい」

たまみは言った。蜘蛛は、そこから動かなかった。たまみは、祖母に言われていたキュウリを畑に穫りに行った。

それ以降、祖母の家の中でたまみは何度も蜘蛛に遭遇した。正面で出くわすことはなく、振り返るとそこにいるのだった。座卓で宿題をやっていて飽きて後ろに手をつくと、その手のすぐそばに、蜘蛛が迫っていた。

今にも跳びかかられるのではないかと身を固くしたが、蜘蛛はじっと、ほんの少し、ごくわずかにその体を上下させながら、たまみに対峙《たいじ》しているだけだった。

浜に行ってみたが海水浴場があるわけでなし、見かけるのもじいさんとばあさんばかり。日陰ばかりの谷は、そこだけ時間から取り残されたようだった。

しかも、三日目になってやっと気づいたのだが、祖母は料理が苦手だった。朝は食パン、昼はそうめんかうどん、夜は魚の干物ときゅうりとみそ汁。毎日まったく同じメニューだった。たまみがなにか作ろうにも、スーパーは隣町まで行かなければなく、車がなければどうしようもない。仕方がないので、たまみはひたすら宿題をし、午前中と午後の一回ずつ海まで往復した。

広々とした玄関でサンダルを履こうとしているとき、洗い物をしようと台所に立っているとき、蜘蛛は現れた。遠くからじりじりと近づいてきた。風呂場にまでやってきた。怖かったが、騒げばまた祖母が叩いてしまうと思い、黙ってやり過ごした。蜘蛛のほうも、ぎりぎりまで近づいては来るものの、たまみに跳びかかったり触ったりすることはなかった。静かに、唐突に、たまみがいる場所に現れた。

八つあるという蜘蛛の目がどこなのか、近づけないたまみにはわからなかったが、見られている、と思った。蜘蛛が、いつもわたしを見張っている。仇討ちをする機会を狙っているのだ、と。

祖母は、蜘蛛のことはなにも言わなかった。見慣れて気にもならないのだろうが、それにしても、ひと言も蜘蛛について話さなかったし、視線を向けることもなかった。蜘蛛なんて、まったく目に入らないようだった。

七日目の夜、蒸し暑くて目が覚めた。エアコンもないし、瀬戸内の夏は暑く、海からの風は湿っていた。腹にかかっていたタオルケットを引っ張り、寝返りを打って横向きになった瞬間、たまみは心臓が止まりそうになった。蜘蛛が、いた。真正面、顔のすぐそば。五センチも離れていない。暗いのに、その体と足に生えている産毛が一本一本はっきりと見えた。怖かったが、動けない。息を殺して、目をつぶった。目をつぶったりして、その間に蜘蛛が顔にのぼってきたらどうしよう、と気づいたが、目を開けて近づいているのを見るのが恐ろしくて、そのまま閉じ続けていた。呼吸のような音が聞こえた。気配かもしれない。そのうちに眠ったようで、次に目を開けたら明るかった。蜘蛛はいなかった。

暇に耐えかね、二週間滞在の予定が十日でギブアップした。宿題は全部終わった。そんなことは、それまで経験した夏休みで初めてのことだった。

荷物をまとめて、一階に下りた。叔母の車がやってきた音がした。忘れ物はないかと部屋を一周して、その気配に気づいた。

階段のいちばん上。薄暗いその場所に、小さな光があった。蜘蛛の目、とわかった。どこにあるのかわからない蜘蛛の目が、確かに、光っていた。

覚えているように、忘れないように、わたしを見ている。そう思った。

「離婚することになったんも蜘蛛の呪いちゃうか、とまじで思ったもん」

たまみは、食後に運ばれてきたコーヒーにミルクを入れて混ぜながら言った。

「えー、だって、その後は別になんもなかったんやろ」

「うん。そのあとおばあちゃんちに行ってももう出てけえへんかったし。でも、何回も夢に見た。寝てたらあの蜘蛛が枕元に来て、そのままわたしの頭の中に入ってくるねん」

「……うわー」

わたしは、蜘蛛がそんなに怖い性質《たち》ではないが、想像すると鳥肌が立った。

「ほんまは、全然ちゃうんやろな。ひどい目に遭わせた上に、呪われてるとか言うて、人間が勝手に怖がってさらに悪役にしてるだけや。ま、あのとき宿題熱心にやったおかげで成績よくなったけど」

たまみは、かすかに笑って、コーヒーをゆっくり飲んだ。昼をだいぶ過ぎた店内は、いつのまにか空《す》いていた。

わたしは聞いた。

「殺してしまったんは、夫のほうやったんかな。妻のほうやったんかな」

たまみは少し考えた。そして、

「なんとなく、夫のほうの気がする」

「やっぱり妻やんな」

と、たまみとわたしがほぼ同時に言った。

「えー、そう？　意見が一致せえへんな」

その蜘蛛の話がたまみが提供してくれる怪談ネタなのかと思ったら、家業の不動産屋に来たお客さんでおもしろい人がいるから今度紹介する、とのことだった。

ほどよく満腹になったわたしたちは、席を立った。レジ前に置いてあったコーヒー豆や焼き菓子をたまみが物色しているので、わたしは先に外へ出た。ビルのエントランスホールは、長い年月を経た建物だけが持つ独特の空気をたたえていた。ペンキのはがれた壁や歪《ゆが》みのあるタイルやずいぶんと古い形の集合ポストが、音も時間も吸い取っていくような。ちょうど、雪みたいに。

入ってきたときは気づかなかったが、二階へ上がる階段の裏側に、地下へ下りる階段もあった。地下には店などはなく物置か機械室のようで、階段の半分から先は暗くなってよく見えなかった。

その闇の底で、なにかが光った。

LEDみたいな小さな赤い点が、星座のように光っていた。

七　雪の夜

かわうそ堀二丁目のバス停で降りると、周囲はすでに暗くなっていた。

うなぎ公園の木陰にも雪は少しも残っていない。今朝雪が降っていたことが幻だったように、いつもの風景だった。

公園沿いに歩く。道の先に、こちらへ向かって歩いてくる人影が見えた。

わたしは、三年前の東京の雪の夜のことを思い出した。


東京に引っ越して最初の冬、暮らし始めてひと月もたたないときに雪が降った。朝起きて外を見たら、それこそ「一面の銀世界」というやつだった。真っ白い雪が向かいの家の屋根にクリームのように積もり、木の枝が雪の重みでたわんでいた。スキー場以外でそんな雪を体験したのは初めてのことだった。

しかも、昼を過ぎても雪はやむ気配がない。いくらでも降ってくる。

暖房の効いた部屋からその白い世界を眺めていたかったが、よりによってその夜、約束があった。夜、編集者の仲介で二人の若い女性に取材をすることになっていた。青山《あおやま》で夜に食事、などというのも初めての経験だった。評判のいい野菜料理の店で楽しみにしていたし、取材相手にもせっかく時間を作ってもらったのだから、行かなければ。編集者からも、電車は動いているので決行しますとの連絡が来た。

七時の約束に、かなり早めに家を出た。今夜はさっさと帰ろう、という人がほとんどで、都心に向かう電車はがらがらだった。表参道《おもてさんどう》駅の出口から地上に上がっても、すでに真夜中のような静けさだった。空は濃紺の闇だったが、地表を覆う雪のせいでぼんやりと明るかった。

スマートフォンで地図を確かめながら、大通りから細い道へと入っていった。店は、「隠れ家的な」と形容されるロケーションだった。

狭い道には、雪がかなり積もっていた。転ばないように慎重に足を出していく。しばらく行くと、一戸建てや小さなビルが多い場所になり、表通りの華やかさはまったくなくなった。路地はより細くなり、板塀に囲まれた古い家やそれを改装した料理屋が並んだ。まるでテレビドラマで見る「昭和」の街の景色。こんな一角があるのか、と物珍しく左右を見上げながら歩いた。傘は差してはいたが、あまり役に立たなかった。

静かだった。すべての音が、道にも屋根にも看板にも木々にも積もった雪に吸い込まれ、この街から人間がいなくなったあとのような静寂だった。

誰も歩いていない。昼間でも人通りの少ない「閑静」な街。わざわざこんな雪の、氷点下まで冷え込んだ夜に出歩く人などいないのだろう。積もった雪のせいで、街の全体が冷凍庫の中のように冷たい。

さらに進んでいっても、目当ての店は見つからない。曲がる角を間違えたことに気づいた。引き返して、一つ手前の角から入り直す。それにしても。一人ぐらい歩いていてもいいのに、と思いながら、細い一本道に出た。ここをまっすぐ行って、その先を曲がったあたりに、店があるはず。

道の先、次の角、と思って前方に顔を向けると、一本道の出口あたりに、ようやく、人影を見つけた。街灯の青白い光を背に受けて、黒い影になっているその人は、こっちに向かって歩いて来ていた。わたしはなんとなくほっとして、足首まで埋まるほどの雪に足を踏み出した。さく、さく、とやわらかい雪に足の跡がつく。

しばらく歩いて、気づいた。

あれ。

あの人、進んでいない。

人影は、最初に見つけたのと同じ位置に、一本道の出口あたりにまだいる。でも。手足は動いている。黒い影の手と足は正確なリズムを刻んで、こっちに向かって来ているように見える。

ひょっとしたらわたしと同じ方向に歩いていっているのを、目の錯覚で勘違いしたのかもしれない。いや。人影は、大きくはなっている。わたしが歩いた分、あの人影に近づいているからだ。

だんだん、距離が縮まってきた。

やっぱり、一本道の出口にいるように見える。その姿はだいぶん大きく見えるようになったのに、黒い影のままだ。真っ黒。黒い服を着ているのかどうかさえ、わからない。

一歩、一歩、と進む。わたしは、もうはっきりとわかっていた。

あれは、真っ黒い人だ。服も、顔も、髪も、全部黒一色の……。

どうしよう。あと、二十メートル、十五メートル、まだ真っ黒だ、あと十メートル、あと……。

そのとき、自動車のヘッドライトらしき光が、辻《つじ》を照らした。

すぐあとに車が通った。ふいと、黒い人は消えた。

雪を踏みしめて辻まで出てみると、さっき通った自動車のタイヤの跡はあったが、人がいたような形跡はなかった。振り返ると、わたしが歩いてきて残っているはずの足跡も、なかった。

かわうそ堀のうなぎ公園の向こう、こっちへ向かって歩いてくる人もまだ黒い影にしか見えない。わたしは、歩く速度を変えない。黒い影との距離は、少しずつ縮まっていく。

わたしの後ろから、ヘッドライトの光が差した。黒い影の人は、正面から照らし出された。

この道で何度かすれ違ったことのある、おじさんだった。たぶんわたしが住むアーバンハイツかわうその隣のビル一階にある居酒屋の店主。

すれ違うとき、おじさんは愛想の良い声をわたしにかけた。

「こんばんは」

近くで見ても、おじさんにはちゃんと顔があった。四角い、狛犬《こまいぬ》に似た顔。

「こんばんは」

わたしは、うなぎ公園を過ぎた。振り返ると、おじさんの姿はもうなかった。

八　電話

土曜日、夜になって帰宅すると、電話機の青いライトが点滅していた。留守番メッセージがあるしるし。

わたしは荷物を置いてから、一定間隔で光り続ける四角いボタンを押した。友だちの家でも固定電話があるのがめずらしくなったが、この部屋には回線を引いた。パソコンのプリンタも兼ねたファクシミリ複合機。原稿の間違いなどは液晶画面では見つからなかったものが紙にプリントした途端目立つし、紙に書き込んですぐ送れるのが楽なので、アナログ人間と言われることもあるが、校正用にファックスは必需品なのだ。

ぴー、と耳障りな電子音のあと、声が響いた。子供の声。男の子だ。

「あ、おばあちゃん、ぼく。あのねー、おかあさんに……持って来てって言われたんだけど、……わからないから、おばあちゃんちに取りに行っていい？　……だから、電話してね」

舌足らずなしゃべり方で、ところどころ聞き取れない。電話番号を見る。見たことのない市外局番。四国の親戚《しんせき》の家が似た番号だったような……。

もう一度、聞き直す。

「あ、おばあちゃん、ぼく。あのねー」

なにを持って来てと言っているのか、どうしても聞き取れない。

新手のオレオレ詐欺であろうか。

おばあちゃん・ぼく・取りに行く。条件はぴったりだ。でもまさか、こんな子供が？

かけ直して面倒に巻き込まれるのも、という気持ちと、子供が困ってるんだから教えてあげたほうがいいのではないかという気持ちが短時間せめぎ合い、しばらく様子を見ようと曖昧《あいまい》なところに決着した。

おそらく、この電話番号を前に使っていた人のところにかけたつもりなのだろう。

引っ越してもう半年が過ぎようとしているのに、なぜか最近のほうが間違い電話が多い。

その翌日も、映画の試写から帰ってくると、三件もメッセージが残っていた。

一件目。

「すみません、もう三十分待っているのですが、どちらにいらっしゃるんでしょうか」

女の人の声。おそらく、年配の。頼りなく、心細そうに聞こえる。午後零時半。正午に待ち合わせしたらしい。電話番号は、非通知だ。ぴーっと音が鳴り、二件目のメッセージが再生される。

「二時間経ちました。どこにいるんですか？　いないんですか？」

うわー。なんでこんな日に限って一日中不在だったんだろう。いつもどおり家にいたら、助けることはできなくても、少なくともこの電話番号にかけても仕方ないということは伝えられたのに。非通知だから、かけ直すこともできない。

ぴーっ。三件目のメッセージ。

「もうこれ以上待てないので、帰ります。ほんとうにひどい人ですね。もう二度と会いませんからね」

さっきまでとは違う、強い声だった。咎《とが》めるような、もっといえば、呪うような。

わたしに向けられた言葉ではないのに、その夜は怖い夢を見た。

それから一週間ほどしたある日。今度は近くのスーパーに行って帰ってきた二十分ほどのあいだに、タイミング悪くかかってきた電話だった。

青に点滅しているボタンを押す。番号も非通知という表示もない。空白だ。何だろう。前に海外にいる友人から携帯にかかってきたときになにも表示が出なかったことがあるが……。

ぴーっ。

メッセージは始まらない。

無言だ。しかし「無音」ではないので、耳を、スピーカーに近づけてみた。ざらざらとしたノイズ……。

その瞬間、電話の呼び出し音が鳴り響いた。不意のことで、縮み上がるほど驚いてしまう。呼吸を整える。呼び出し音は鳴り続けている。番号は表示なし。受話器を取る。

「はい」

電話の向こうは、なにも言わない。

「もしもし？」

無言。ただ、ざっざっざっざと、足音のような音が聞こえる。雑音かもしれない。

スマートフォンが普及し始めたころ、こういう電話はときどきかかってきた。鞄《かばん》の中に入れたまま、液晶画面がどこかに触れて持ち主が気づいていないうちに電話をかけてしまう。

でもなんとなく気になって、わたしはもう一度、尋ねた。

「もしもし？」

ざっざっざっざっざ……。同じ音。やっぱりそうだ、機械が勝手にかけた電話。

切ろうと受話器を耳から離しかけたその瞬間、

「あーあー」

と声が聞こえた。とても長い、ため息のような声。低くてかすれた、男か女か判然としない声。

全身に鳥肌が立った。慌てて、通話を切った。

メッセージを消去する。

パソコンを開いて、電話番号の変更、を検索した。

もしまたなにか電話がかかってきたら番号を変えよう、と思いつつ、さっきの声が耳から離れなかった。そして、それをどこかで知っていたような気がしていた。どこかで、覚えがある。あの声の、あのため息のような、感触。

どこだっけ。誰だっけ。

適当に作った鍋《なべ》をつついている間も、風呂《ふろ》に入っている間も、その感触が一致するものがなんなのか、つながりそうでつながらなかった。

布団に入っても、まだ考えていた。暗闇の中、ざらついた空気がマイクに当たるような音とあのため息が、耳の奥で何度も不意に聞こえた。

目を閉じ、ようやく訪れた眠気に沈みそうになったとき、思い出した。

さっきの声。

夏目漱石《なつめそうせき》の『三四郎』だ。まだ物語のはじめのほう、三四郎は東大で知り合った野々宮《ののみや》の家を訪ね、一人でいるとき、宵の闇に声を聞く。

「ああああ、もう少しの間だ」

〈三四郎の耳には明らかにこの一句が、すべてに捨てられた人の、すべてから返事を予期しない、真実の独白《ひとりごと》と聞こえた。〉

その直後、家の裏手にある線路を列車が音を立てて過ぎ去り、三四郎はその声と列車との因果関係に気づく。あの声は、線路に飛び込んだ女の、最後のつぶやきだった、と。

九　二階の部屋

なんで、怪談作家になろう、なんて思ったんだっけ。

と、真っ白い原稿用紙、ではなく、ノートパソコンの真っ白いモニター画面を前にして、根本的な疑問が湧き上がってくる。今、そんなことを考えている場合ではない。自分を見つめ直しているときではない。締め切りは、明日である。

恋愛小説家、と呼ばれることから離れたくて、とにかくも言葉の響きだけでも違った印象に惹《ひ》かれたのか、それともそのときホラー映画ばかり観ていたからなのか、正確な思考の経緯は自分のことなのに忘れてしまった。もともと、今までの小説だって「恋愛」だなどと思って書いていたわけではないのだから、「怪談」と身構えることはないのかもしれない、とそんなことを考えても、今、この瞬間に書くべき小説は進んでくれない。

現実逃避。これは作家になる前から、得意だ。

たまみにメールをして、近くまで行くからお茶でもしないか、と聞くと、二秒で返事が来た。もちろん、同意の。

たまみの実家の近くを訪れたのは十年ぶりだった。古くからの、ということはシャッターが下りたままの「しもた屋」が目立つ短い商店街があり、都心に近い割にはのどかな空気だ。

たまみが指定したのは、その商店街の終わりにある、古い木造家屋を改装した喫茶店だった。元は布団屋だったそうで、間口の広い土間から上がったところに、ちゃぶ台が並んでいた。

「ここ先月できたばっかりで、おはぎがおいしいねん」

とたまみのすすめで注文した三色おはぎ（つぶあん、きなこ、青のり）を二人で分け合いながら、たまみから、怪談ネタを提供してもらった。

「こないだ中古のマンションを買わはった人の話やねんけどな」

現在たまみが手伝っている、実家の不動産屋の客の話だった。小野《おの》さんという男性で、年はわたしたちと同年代、ちょっと背は低いが、目鼻立ちのくっきりした南方系の顔、ハスキーな声がええ感じ、とたまみは説明した。

小野さんは、創作うどんの店を経営している。七年ほど前、突如東京出店を決意し、やるなら退路を断って、と東京に引っ越すことにした。夢のお告げがあったそうだ。四日間の休みを取って東京に行き、その間に店舗物件と住む部屋を決めようとあちこち回った。さすが夢のお告げ、と信じてしまうほど、店舗は好条件のところがすぐに見つかった。ところが、住むほうの部屋が見つからない。

せせこましいワンルームみたいなん嫌いですねん、なんか心が貧しくなるような気ぃするでしょ、と小野さんはたまみに話したそうだ。

早朝深夜の業務もあるため店舗から自転車で十分ぐらい、という条件で探したが、東京の家賃の相場は小野さんの予想を超えていた。こんなカプセルみたいな部屋にそんな家賃払えるかい、と心の中で悪態をつきながら、ふと目についた古くからありそうな不動産屋のドアを押した。

狭い店内は積み上げたファイルで散らかっており、足下には猫が転がっていた。こういう地元密着の店なら掘り出し物件があるに違いない、と思ったが、完璧《かんぺき》に丸い頭がきれいに禿《は》げ上がった不動産屋は、それまでにも散々聞かされた言葉を繰り返した。

「その予算ですとねえ」

「この辺じゃあ厳しいねえ」

小馬鹿にされているようで小野さんは腹が立ったが、もう東京滞在も残り時間がすくなくなっており、歩き疲れていたせいもあって、表面上は愛想よく、なんとかなりませんかねえ、と食い下がった。

不動産屋は、ぶつぶつ言っていたが、急に、「ああ、そうか」と、つぶやいた。

「お客さん、身長何センチ？」

「え、百七十ですけど」

むっとしつつ答えた。ほんとうは小野さんは百六十七センチか八センチだが、四捨五入して答えることにしていた。

不動産屋は老眼鏡をずらし、小野さんを点検するように見た。身長を割り増したことは、わかっていそうだった。

「失礼、いや、重要なことなんですよ。それなら、ぎりぎり、なんとかなるかな。ちょっと古いんだけど、昼間は仕事でほとんど寝に帰るだけ、って言ってましたよね」

「……まあ、そうですね」

「場所は、けっこういいですから。駅から五分で、この値段だから」

不動産屋は、店の奥の棚を探り、コピーした図面を小野さんの前に置いた。

台所がある板張りの六畳に和室も六畳、風呂《ふろ》トイレ別。確かに、それまで見ていた狭苦しいワンルームマンションの部屋に比べると、ゆったりして、そして格段に安かった。「築年不明」とあるのが気になったが、近くですぐに案内できるというので、小野さんは見に行くことにした。

商店街から続く路地を右に折れ、左に折れるとすぐに、駅前の賑《にぎ》やかさがうそのように、静かで古い建物も多い住宅街になった。狭い路地の先にはヒマラヤスギの大木があり、そこをまた曲がって袋小路の奥にある木造家屋を、不動産屋は指した。

「ここの二階」

懐かしの昭和、と題した写真に写っていそうな、焦げ茶の板張りの家屋だった。アパートという感じではなく、少し大きめの一軒家に見えた。

開けたドアから見えた内部は、意外にこざっぱりときれいな印象で、身構えていた小野さんは少々拍子抜けした。何年か前にリフォームされたのだろう。新しい、とは言えないが、住むのに不便はまったくなさそうだ。

「どうぞ」

不動産屋についてドアをくぐった瞬間、小野さんは思わず声をあげた。

「え」

天井が、低かった。

小野さんの頭のすぐ上に、天井がある。玄関だけでなく、中も低い。ときどき古いマンションなんかで梁《はり》が出っ張って頭をぶつけそうなところがあるが、そうではなく、部屋中の天井が暮らすには不自然な高さだ。

「大丈夫ですよねえ、頭」

ビニールクロスの床に立って、不動産屋は小野さんと天井とのあいだを見上げた。

あいだというか、そこにはわずか二、三センチの隙間しかなかった。

「確かに、当たりはしませんけど……」

つっかえるようなことはない。つっかえるなら、住居として暮らせない。即、却下だ。しかし、背伸びをしただけで、頭が天井に当たる。内装はこざっぱりとしているのに、その低さのせいでどうにも圧迫感がある。普通の部屋の天井は、二メートル以上の高さがあるのだなと、今まで意識したことがなかったことに気がついた。

それほど古びていないはずの部屋なのに、なんとなく、かび臭いというか、湿度の高いにおいが漂っていた。学校のプールの更衣室を、小野さんは連想した。

「こう見えてね、裏が平屋だから日当たりはけっこういいんですよ。ほら、庭も」

不動産屋は、右手にある腰高窓を開け、雨戸を開けた。がらがらがら、と思ったより大きな音が響き、その日の青い空を反射した光が部屋に差し込んだ。

天気のいい日だったのに、しかし、不動産屋が窓を開けても、部屋全体のよどんだ空気は少しも薄まらなかった。むしろ、生ぬるい重い空気が流れ込んだ感触があった。

窓に近寄って外を見ると、確かに、庭に囲まれた平屋の屋根がすぐそこにあった。

庭、といっても、三方をマンションの壁に囲まれた、取り残されたような場所だった。もう長いあいだ人が住んでいないのか、雑草が伸び放題だったし、平屋の壁は蔦《つた》で覆われていた。それでもなぜか、小野さんはそこに誰かが住んでいるような感触を覚えた。

不動産屋は、玄関脇の扉を開け、ここがトイレと狭いけど風呂で、とごく通常の営業トークで説明していった。どう見ても奇妙なこの天井のことなど、忘れたかのように振る舞っていた。

小野さんは、窓の外を気にしながら聞いてみた。

「外から見た感じだと、二階はもっと高さがありそうだったんですけど」

「あ？ ああ、この建物、三階建てなんですよ。上の部屋は、そうねえ、もう二十年以上住んでるかな。なかなか居心地いいんでしょうかねえ」

ははは、と、不動産屋は空虚な笑い声をあげた。

三階建て？ 小野さんは、さっき見たその木造家屋の全体像を思い出してみたが、三階と認識した覚えはなかった。

「それでねえ、あと一つ注意点があって」

不動産屋は、奥の和室へ歩いていって、左側の壁を指した。

「そっちの押し入れは、塞《ふさ》がっちゃってますから。使えるのは、こっちだけ」

正面の押し入れを開けると、からっぽの、ただの押し入れだった。

小野さんが、使えないと言われたほうのふすまを開けてみると、ベニヤ板の壁が現れた。真ん中には上下を分ける板が渡してあったから、元は普通の押し入れを、上段も下段もベニヤ板で塞いだものと思われた。

「……なんで、ふすまごと塞いじゃわないんですか」

「さあ？　こっちはね、ちゃんと一間ありますから。荷物が多い人じゃなけりゃ、じゅうぶんだと思いますよ。あ、ちょっと失礼」

不動産屋は、尻《しり》ポケットにさしていた携帯電話をとって、しゃべり始めた。

「えっ、契約書がないって？　そんなわけないよ」

少々込み入った話のようだった。不動産屋の声が、湿った部屋の空気に妙にくぐもって響いた。小野さんは、使えない押し入れに近づいた。ベニヤ板の表面には、ひっかいたような傷が何本か走っていた。その傷に、なんともいえない「いやな感じ」をうけつつ、小野さんは、ふすまをいったん閉じ、反対側を開けた。

同じようにぎりぎりまでベニヤ板で塞がれていた。しかし、隙間がある。板と板の境目に、ひび割れたような細長い空間があった。

「右の引き出しだよ。もっぺんよく探してみな」

玄関口の不動産屋は、苛立《いらだ》った声で話していた。

ベニヤ板の隙間を、当然、覗《のぞ》いてはいけないと小野さんは思った。よくあるパターンやないか。絶対にろくなことがない。

思うのとは反対に、小野さんの顔はその隙間に吸い寄せられていった。

隙間はちょうど小野さんの顔の高さにあり、長さは五センチほどだが、幅は一センチにも満たなかった。小野さんは、ベニヤ板に額をぴったりとくっつけ、右目をその隙間に合わせた。

ぼんやりとしたかすかな光が、四角い形にある。窓、と思った。塞がれた窓の、端から光が漏れている。小野さんは目が離せず、その暗い場所を見続けた。目が慣れてくると、押し入れ上段のその空間がぼんやりと浮かび上がってきた。はっきりと見えないが、量感というか、なんとなくの感じではやはり普通の押し入れの広さだった。

ふと、右下に、丸い塊があることに気づいた。丸い、小さめの西瓜《すいか》くらいの大きさで、いっそう黒い塊の上に乗っかっている。見つめていると、ゆっくりと、その丸いものが、動いた。まるで、こっちを振り返るように。

顔。男の子の顔。

そう思った瞬間、小野さんは体の芯《しん》から震え上がった。

「すいませんねえ」

間の抜けた声が、部屋に響いた。

小野さんは、反射的に、顔をベニヤ板から離した。引き剝《は》がした、といってもいいくらい、力の入った動作になった。

いつのまにか不動産屋は和室に立っていた。

「どうですか？　天井さえ気にしなければ、この広さでこの値段は、ありえないですよ。水回りも、けっこういいですし」

「いや、その、ちょっと、やっぱりもう少し新しいほうが……」

不動産屋は、無表情に小野さんを見つめた。

小野さんの体の中には、まだ震えが残っていた。

真っ黒だったのに、なぜ、顔だと思ったのだろう。

しかも、子供の、小学生くらいの男の子の顔だ、と。

「そうですか。仕方ないですねえ」

不動産屋は、ため息交じりに言うと、窓を閉め、雨戸を閉めた。

路地に出てから、小野さんは建物を振り返った。やはり、二階建てにしか見えない。さっきまでいた場所が、一階の窓と、それから上のほうの窓と、そのあいだにあるとは思えなかった。

「前は、どんな人が住んでたんですか？」

「お客さんみたいな、若い男性でしたよ」

不動産屋は振り返りもせず、日が傾いて陰になった路地を歩いていった。

「元は一軒家でね、子供部屋だったらしいですよ。だから、天井が低くてもかまわなかったそうで」

「はあ」

小野さんは、なんと言えばいいか、もうわからなくなっていた。

不動産屋巡りが空振りに終わった小野さんは、新宿《しんじゅく》の外れのビジネスホテルに戻った。なんとなく怖くて、ビジネスホテルの部屋のバスルームのドアを開け、クローゼットの中を確かめ、テレビをつけて音量を上げ、窓のカーテンを開けて交通量の多い道路を眺めてから、ぴったりと閉じた。

上着を脱ぎかけて、ふとポケットに手を突っ込んだ瞬間、ぞわり、と指に感触があった。

うわあああああ、と自分でも驚くほどの大声をあげてしまった。小野さんは慌ててポケットから手を出し、思いっきり振った。

素早く身をひねると、小さななにかが、床に落ちた。そして、左右に揺れながら進んだところで、一瞬、静止した。薄茶色のまだら模様、開いた指。一匹のまだ子供のヤモリが、そこにいた。

それが見慣れた生き物だとわかると、小野さんは安堵《あんど》すると同時に、さっき大きく拍動した心臓がまだ音でも立てそうなほど打ち続けているのをしばらく感じていた。

ヤモリは、再び走り、ドアの下の隙間から、外へ出て行った。

ヤモリの頼りない鱗《うろこ》の感触が、いつまでも小野さんの指に残った。

「なんやったんやろな、その部屋」

たまみは、店員さんに持って来てもらったお湯をポットに注ぎながら言った。わたしは答えた。

「ホラー映画やと、子供が閉じ込められてたっていう王道パターンやんな」

「でもそんなとこ、人に貸すかな？」

「不動産屋さんも、よう事情知らんのんちゃう？」

「えー、そんなん、仕事の矜持《きょうじ》がないわ。お客さんには、ちゃんとした物件紹介せな」

たまみはすっかり、不動産業が板についてきているようだ。

「ほんで、その人、そのあと部屋見つかったん？」

「東京進出はあきらめてんて。結局、神戸《こうべ》で二店舗出してうまいこといって、大阪に三店舗目や、いうことで、うちに来はってん」

「そしたら、その部屋の、そこになにかがいてたとして、福の神というか、いいものやったんちゃうの？」

「えー、ヤモリが？」

「だって、家を守るからヤモリやろ」

「そっか。どっちにしろ、その部屋には入ってくるな、ってことやったんやろな」

今もその部屋はあるのだろうか。誰か新しい住人がいるのか。それとも、閉めきられたまま暗い空間に時間だけが流れているのか。

「その部屋、今はどうなってるんやろな」

「そのままちゃう?」

たまみは、おはぎについていた楊枝《ようじ》をもてあそびながら言った。

「たぶん、ずっと、そのまま」

開店して間もない喫茶店には、わたしたちの他に客はおらず、店主の若い女は、入口脇のカウンターで、わたしたちの話を聞いているのかいないのか、うっすらとほほえんで折り紙を折っていた。

ビジネスホテルでテレビをつけっぱなしにして眠ったことが、わたしもあった。

あれはもう十年以上前になる。

一〇　ホテル

わたしは、小説家の仕事をする前は、会社勤めをしていた。一度転職して、OA機器を扱う商社の営業事務をすることになった。入社して半年ほどして、東京にある本社に挨拶《あいさつ》回りを兼ねて、研修会に参加することになった。当初日帰りの予定だったのが、一週間前になって同行する上司の都合で一泊二日になり、東京本社の総務部の若い女性がホテルを取ってくれた。

「取るには取っといたんだけどー、そこねー、ちょっと前に屋上で死体が発見されたところなのー」

電話の向こうで、はすっぱな話し方がおもしろい、だけど、いつも仕事では頼りにしていた森《もり》さんが、予想外のことを言い出した。

「それが、簡単には入れるような場所じゃなくて、よじ登った形跡もないらしくてー」

その三か月ほど前に、テレビで確かに、そのニュースを見た覚えがあった。

東京のビジネスホテルの屋上で、四十代前後と思われる男性の遺体が発見されました。遺体が横たわっていた場所は、建物の最上部、ホテルの看板に囲まれた部分で、死人の出入りはできず、看板の修理に来た業者が遺体を発見した、ということです。死後数日は経過しているとみられ、警察では現在……。

隣接するビルから飛び降りた可能性もあるが、それにしては遺体には目立った傷はなく、屋上のコンクリートにも血痕《けっこん》などは残っていなかった。男性は会社帰りのようなスーツ姿だったが、所持品はなく、確か身元不明のままだったはずだ。

なんでわざわざそんなホテル、と森さんにも上司にも少し抗議してみたが、展示会や会議の多い時期で、一週間前に部屋があっただけでも幸運だ、と言われた。場所はいいし、部屋自体はきれいだから。朝食もついてるし――。

電話の向こうの森さんの声は、特に事件のことを気にしている様子はなかった。東京はあらゆることが起こりすぎて、これくらいの事件の一つや二つ騒ぐようなことではないのかもしれない、と今から思えばそんなわけがないことを思って、釈然としないまま、電話を切った。

そんなことなら友だちの部屋にでも泊めてもらうのに、とわたしはなおもぐだぐだ思っていたが、仕事だから仕方がない。

一週間後、東京での研修会のあとで本社の人たちとの飲み会を終えて、上司と営業の新入社員男子といっしょにそのビジネスホテルに着いたのは、すでに夜の十一時を過ぎていた。地下鉄の駅から徒歩三分なのに、賑《にぎ》やかな通りの裏側にあたる一角で、周囲は暗かった。

エントランスを入る前に見上げたが、屋上の看板は見えなかった。

上司と新入社員男子とはフロアが違って、わたしは十階でエレベーターを降りて一人で薄暗い廊下を突き当たりまで進んだ。たどり着いた部屋はとても狭かった。これで一万円もするなんて東京は需要があるんだなと、まだそのころは慣れない東京の人の多さに圧倒されていた。狭いが、森さんの言った通り、改装されたばかりでこぎれいで、思ったより悪くない雰囲気だった。

シングルベッドでほぼいっぱいの細長い部屋の正面奥には、ベージュのカーテンが閉じた窓があった。カーテンを開けてみると、窓の外は、壁だった。隣のビルの灰色の壁が、触れそうなくらい近くにあった。それを見た瞬間、背中にぞくっと冷たい空気が走った。慌てて、カーテンを元に戻した。

すぐに部屋中の照明を全部いちばん明るい状態にし、小さめのテレビの電源を入れた。

旅先で眠れないとき、わたしは必ずテレビをつけることにしていた。普段はそんなに見ないバラエティ番組、それもなるべくくだらない企画がこういうときは最適だ。怖いときだけでなく、気が滅入《めい》っているときなんかでも、こんなにばかばかしいことをやっている人たちがいる、と思えばなんとなく安心した。

うっかり放送が終わって砂嵐、もしくは鮮やかな色彩に分割された画面に「ぴ――――――」と電子音が鳴り続けているところに遭遇するのも怖いので、一時間か二時間のオフタイマーを入れる。わたしが眠りに落ちた後で、そっとテレビは消える。

人混みの中を歩き回ったうえに、飲み会で東京本社の人たちからどんどんビールを注がれたせいで、お笑い芸人が街頭インタビューをしている番組を眺めているうちに、あっさりと眠ってしまったようだ。

夢を見た記憶はない。

暗闇から、突然に意識が戻った。まだ目は開いていなくて、耳のほうが先に部屋の中を感じ取った。微《かす》かな低い音で、ぶーん、と鳴っている。電化製品が作動しているときの音、と思った。

重いまぶたを開けると、そこにあったのは、壁だった。クリーム色の、うっすらと汚れた壁。

まぶしさに思わず目を閉じた一瞬、自分がどこにいるのかわからず、記憶をたぐらなければならなかった。そうそう、出張で、東京のビジネスホテルで……。トイレに行きたいけど、起き上がったら、目がさえてしまって眠れなくなりそうな気がする。このまま、もう一度眠りに戻りたい。

と、そこまで思う何秒かのあいだ、わたしはまだまぶた以外の体の部分を、どこも動かしてはいなかった。

ぶうーん、と少し音が大きくなった気がした。それでもまだ、うっかりしたら聞き逃しそうな小さな音に過ぎなかった。わたしは頭を傾けて、サイドキャビネットのデジタル時計を見た。午前三時三十五分。朝まではかなり時間がある。やはりトイレに行っておこうか、寝返りを打ち、反対側の壁を向いた。テレビが置かれている側の、壁。

テレビの四角い画面には、道が映っていた。

これといって特徴のない、二階建ての家がならぶ、住宅街。昼間で、人影はない。

こんな深夜に、映画でもやっているのだろうか。わたしは、ようやく明るさに慣れた目で、その画面を眺めた。オフタイマーはセットし損ねたのか。何チャンネルを見ていたっけ。

画面の真ん中を貫く道は、緩い上り坂になっているようで、奥のほうまで続いている。その先に、小さく動く影が見えた。人？

そういえば、さっきからテレビの音声が聞こえない。まったくしない。寝る前にも音量は絞っていたが、消音にはしていなかったはず。

リモコンを、と顔はテレビを見たまま、手だけ動かしてみたが、糊《のり》のききすぎたシーツの硬い感触があるだけで、見つからない。

小さな人影は、画面奥の右側の家の前に立った。しばらくそこでじっとしていて、それから、その向かい、画面左側の家の前に移動し、また何秒かじっとしている。さっきよりこちら側に近づいたのか、輪郭がわかってきた。

女だった。肩ぐらいの茶色い髪。顔は、よく見えない。家を、見上げているようだ。

右側の一つ手前の家の前に行き、手を伸ばす。インターホンを押しているらしい。音はしないし、誰も出てくる様子はない。まっすぐに延びる道路には、他に人は歩いていない。車もいない。鳩やカラスなんかも見当たらなかった。

時間が静止したような空間を、その女だけが動いていた。しばらく待つと、女ははす向かいの家に歩いていき、同じ動作を繰り返す。

じぐざぐに進むたび、その姿は少しずつ大きくなった。Tシャツにジーンズの、カジュアルな恰好《かっこう》。でも、顔は見えない。髪に隠れているせいもあるが、そこだけが暗いような、ぼやけたような、ほんとうは顔があるのに、はっきりとしないような。

目を凝らしたら、見えるだろうか。その顔が。

もっと近づいたら。

このテレビの画面の、すぐそばまで来たら。

女は、こっちを向いて歩いて来た。もうすぐ、顔が見えそう。見えないのに、こっちを見ている気がする。

そう思ったとき、手が、リモコンに触った。

とっさに、わたしはボタンを押した。

「……このように！　どなたでも簡単に、お使いいただけます！」

甲高い声が響いて、わたしの心臓はきゅっと縮んだ。チャンネルが切り替わり、画面の中はテレビショッピング番組になっていた。派手な化粧の、見覚えのあるようないような女優が、ミキサーの実演をしていた。ぺったりと明るいスタジオで大げさに驚く女優と背広の男を、わたしはしばらく呆然《ぼうぜん》と眺めていた。

リモコンのどこかのボタンを押せば、どこかのチャンネルに合わせれば、あの女の人はまだ歩いているんだろうか。誰かの家を探して、少しずつ、こっちに向かって。

わたしはテレビの電源を切り、ベッドから降りると、窓のカーテンがぴったりと閉じていることを確かめて、トイレに行った。ベッドに戻って、とにかく目を閉じていると、次に気がついたのは朝の七時だった。

そのあと、屋上の遺体の身元が判明したというニュースは見た覚えがない。

今、検索してみても、それらしい事件の記事はひっかからない。ワイドショーでも報道されたような事件なのに、まったくなにも出てこないというのも妙だとは思うが、もし今なにか情報があったとしても、あの日テレビに映っていた光景がなんなのかは、きっとなにもわからない。

だけど、思い出すたびに、あのまま見ていなければいけなかったのかもしれないとも思う。テレビ画面の中のあの人は、なにか伝えたいことがあったのかもしれない、と。

一一　古戦場

担当編集者の内田さんに会った。

内田《うちだ》さんは、京都に住むミステリー作家の家を訪ねたあとで、京阪電車で一本だからとはいえ、なぜか大阪城で会うことを希望した。実は天守閣が好きで、日本全国の城をまわっているのだと、知り合って五年目にして初めて聞いた。内田さんは、まだ二十八歳の男性。渋い趣味だと思ったが、年齢は関係ないと思い直した。

天守閣のすぐ下の広場で、たこ焼きを食べながらの打ち合わせになった。周囲には遠足の小学生や、修学旅行の高校生たち、中国からの団体客がいて、とにかく賑《にぎ》やかだった。

たこ焼きを挟んで、わたしは頭を下げた。

「すみません、まだ、ちょっと、なんていうか、納得のいくものが書けていないというか」

「先日、見せていただいたもので、じゅうぶん形になると思うんですけどねえ」

内田さんは、やさしい響きを心がけている、という感じの口調で言った。

「うーん、自分が思っている怪談と隔たりがあるというか。自分で思いつくことって、自分にとっては怖くないんですよね」

「……怖い、って、ほんとうのところ、なにが怖いんでしょうね。得体が知れないから怖いのか、それとも、その先に起こるなにかを、わたしたちはすでに知っていて、そこに近づいてはいけないって思うからでしょうか？」

乾いた砂が舞い上がっていた。内田さんは、色素の薄い瞳《ひとみ》を、追っかけ合っている小学生たちのほうに向けて、話し続けた。

「もし、ほんとうに怖い目に遭ったとして、人間はその記憶をなかったことにすることもあるんじゃないかな、と思うんです。怖いと、もうそこから逃れられなくて、普通に生活ができなくなってしまうじゃないですか。だから、生きていくために、普通に生活するために、忘れた状態にしたり、考えないようにしたりしてしまうような気がするんですよね。人間の記憶って、けっこう都合がいいものでしょう」

高校生たちが、スマートフォンを自分たちに向けて決めポーズを何度もとっている周りで、小学生たちは転がりそうな勢いであっちに走り、こっちに走りしている。現代の子はゲームばっかりやってるんじゃないのか、と言いたくなるほどのはしゃぎようだった。

わたしも小学生のころはあんなに走り続けていられたのか。年齢は関係なくあまり動くのが好きじゃない性格で今とたいして変わらなかった気もする。

わたしは、お茶のペットボトルをなんとなく撫《な》でながら聞いてみた。

「そんなに簡単にきれいに消えますか？　記憶って」

「消すのではなくて、たとえば幽霊だったとしたら、別のものと見間違えたとか、夢だったとか。特に子供だと、はっきり言語化しないでなにかよくわからないものに出会った、ぐらいに変換して、だんだん忘れていったり……。もしくは、前世とかいうのとはまた違うんですけど、人が昔から経験してきたことが、どこかこう、頭の片隅に記録されているんじゃないか、って考えることもあります」

「あると思いますか？」

子供たちの歓声の中で、わたしの声は意外にもはっきり響いた。

「内田さん自身にも、そういうことあったと思いますか？」

「いやー、わたしはないですよ。霊感とか、まったく、なーんもないですから。だから、怪談雑誌の編集なんて仕事ができるんですよ。お話としての怖さを、存分に楽しめますから」

内田さんは明るい声で笑って、それから伸びをして周りを見た。

「もし、霊感がある人とか、いわゆる見える人だったら、こんな場所にいたら大変でしょうね」

日本とは書体が違う漢字の旗を立てた添乗員が、なにか叫んでいる。集合時間らしい。

「大坂冬の陣、夏の陣と、そりゃあもう、恨みを残して死んでいった人たちでいっぱいでしょう」

戦国時代は、テレビドラマで見るみたいに旗を立てて戦っていたんだろうか。そうしたら、このあたりにはたくさんの旗が燃えて、その灰が積もっていただろう。

「そうか。そうですね。遠足とかお花見とか、身近な場所過ぎて、そんなふうには思ってませんでした」

それに、ここは戦争のときは軍の施設になっていて、ひどい空襲があった。もしかしたら、すぐそばを歩いているのに、気がつかないだけかもしれない。ずっと、子供のころから何度もここに来るたびに、すれ違っているかもしれない。

「もし、そういう存在がここにいたとして、彼らからはわたしたちが見えてるんでしょうか？　幽霊、と呼んでいいのかどうかわかりませんが、彼らはお互いが見えるんでしょうか？　それだけでも教えてほしいなー、なんて思って」

内田さんの目には、周りの風景が映っていた。茶色っぽいその瞳を拡大してみたらわたしとは違うものが映っているんじゃないか、と思えてしかたなかった。

「怪談って、なんで場所の話が多いんでしょうね。ホテルとか家とか、ホラー映画の定番ですよね」
「誰かがそこに、いたから……」
と答えた内田さんは、どこかうわの空だった。わたしは月末までに原稿を送ることを約束し、内田さんは一人で天守閣にのぼっていった。

帰りに、映画館に寄った。水曜日で割引のある日だったから、昼間の割に混んでいた。真ん中あたりの席しか残っていなくて、時間ぎりぎりに入ったから、もう座席に着いている人たちの膝《ひざ》の先を、すみませんすみませんと謝りながら進んでやっと座れた。

映画が始まってしばらくすると、うしろから、覗《のぞ》かれているような気配がある。右にも左にもうしろにも人が座っているから、大きく体をひねることははばかられたので、ちょっと首を回して斜めうしろをうかがってみるが、人影が見えるわけではない。

画面に目を戻すと、また、気配が強くなる。わたしのうしろには、何列も座席があって、そこにいる人たちがみんな前方のスクリーンを見ているわけだから視線を感じて当然と言えば当然なのだが、なにかもっと確かな感触がある。

気になって、なかなか映画に集中できない。大きなスクリーンの中では、宇宙飛行士が真空の宇宙をゆっくりと漂っていた。

物語が展開し、ようやく映像に集中し始めて、ふと視線をあげると、暗い空間にさらに暗いようなぼやけているような部分が浮かんでいた。寝袋みたいな形で、水面のようにそこだけ少し歪《ゆが》んで見える。

じっと見ていると、その空気の塊みたいなものは、そのままうっと前に動いて、スクリーンの中に入っていった。

一二　足音

「恋愛小説家」から「怪談作家」への転身は、順調に進んでいるとは言いがたい。そして春は眠く、朝はますます遠ざかるばかりだった。

ぼんやりと意識はある。もうとうに明るいだろう、と、まぶたを上げることができないのになぜか感じる。体中が重い。頭と首から下との接続が切れて、動かそうと指令を送っても反応がないので、途方もなく重いなにかがくっついているような心地だった。

眠ったのは朝の四時に近かった。映画のレビューがなかなか書けず、ケーブルテレビで昔の映画を見ていた。役者は、男も女も、もうこの世を去った人ばかりだった。

主人公の医者役の名優は五年前に、その愛人を演じていた目の大きな女優も先月、訃《ふ》報《ほう》が流れた。医者に復讐《ふくしゅう》しようとする彼女は美しく、最後まで見たかったが三時間を超える大作で、徹夜すると翌日はなにもできないので、残りは録画して布団に入った。が、そこからなかなか寝つけなかった。

白黒画面に映っていた病院や日本家屋の室内、美しい女の顔が浮かんではほっと目覚め、ときには、勝手に続きの場面を夢に見ていた。医者が殺され、死体が床に転がっている。女のほうが殺され、死体は埋められる。土から突き出た白い手……。

そんなだから、眠い。眠気を通り越して、床の下へ引きずり込まれるようだ。頭の芯《しん》が痺《しび》れる。レビューの締め切りは過ぎているのに。

こつ、こつ、こつ、こつ……

誰かが歩いている。マンションの廊下を足音が移動している。

目は開かない一方で、耳は閉じられない。コンクリートと靴底。硬いものがあたる音が、規則正しく繰り返されている。とてもきれいな歩き方に違いない。引きずるところのない、軽快な音だ。

こつ、こつ、こつ、こつ、こつ……

寝ている部屋は、マンションの廊下に面している。ガラス窓越しに、音がよく響く。廊下は、そんなに長くない。そんなに歩き続けることはできない。なのに、足音はずっと続いている。

非常階段を上ってくるのだろうか。それとも、廊下を行ったり来たりしているのか。足音は、遠ざかりも近づきもしない。

インターホンが唐突に鳴った。わたしの心臓はきゅっと縮み、くっついていたまぶたがやっと隙間をあける。はっきりと目覚めない頭の中に、ドアの前に立つ女の姿が浮かんでくる。細い踵《かかと》の靴を履いた、あの目の大きな女優に似た女。そんな人が、わたしの知り合いにいただろうか。

もう一度、インターホンの音。

あっ。文庫本の装幀《そうてい》案が届くのだった。

午前中着で送りますから、と昨日電話で聞いた編集者の声を、思い出した。

慌てて起き、スウェットパーカを羽織って、あきらめずに鳴らしてくれたインターホンの受話器を取る。聞き慣れた、宅配便の人の声が聞こえた。

「おはようございまーす。お届け物です」

どう見ても寝起きの姿をドアに隠すようにして、大型の封筒を受け取った。伝票に判子を捺《お》しながら、宅配便の人の足下を見た。平べったい運動靴。かなり履き込まれている。

「ありがとうございます」

ドアを閉めたあと、耳を澄ます。宅配便の人の足音は、あの硬い音ではない。

手元の封筒を見る。住所が、少し間違っている。

「西区かわいそ堀　かわいそアパート203」

正しくは、西区かわうそ堀二丁目　アーバンハイツかわうそ203号。

このまま起きてレビューの原稿を仕上げて送るべきだ。とは、重々わかっているが、倒れ込むように元の部屋に戻ってしまう。手も足も、ぶよぶよと膨らんだような、妙な感覚で力が入らない。なんとか毛布を引き上げる。すでに眠りに引き戻されそうになっている。

こつ、こつ、こつ、こつ
さっきの音が、また聞こえてきた。

足音が途切れた。そして、思い立ったようにまた鳴り始めた。

こっ、こっ、こっ、こっ、……

引き返して、それから急ぐような歩き方だ。

だんだん近づいてくる。

まぶたは開かない。頭の後ろの痺れがひどくなった。首から下も、重力が増したように重い。

こっ、こっ。

窓の外で、止まった。脳裏に、また女の姿が浮かんだ。背の高い女だが、黒い影だから顔はない。閉まった窓越しに、部屋を覗《のぞ》こうとしている。

「まだ来ないの？」

女の声が、耳元で聞こえた気がした。人の形をしていた黒い影が崩れ、窓を覆っていく。

「まだ、こっちに来ないの？」

記憶はそこで途切れている。

一三　桜と宴

「恋愛小説家」にしてもなろうと思ってなったのではなくいつのまにかそういう肩書きになってしまったのだから、「怪談作家」も目指してなれるものではないのかもしれない。

「恋愛」も「怪談」も得意ではない、という点では共通している。感情が上がったり下がったりすることが、基本的に苦手だ。動揺したりはしゃいだりしてしまった日は、あとで必ず後悔する。規則正しく一日が送れると満足する。天気がよければ、じゅうぶんだ。

だから、春も得意ではない。天気も気温も変わりやすいし、桜だ花見だと追い立てられるように騒がしいから、忘れ物をしたときの落ち着かないうしろめたさに似た感覚が離れない。

それでも、たまみに誘われて花見に出かけたのは、雨続きのこの春にようやくの晴れ間で、その公園も自転車で行ける距離だったからだが、家を出ると思ったより寒く、上着を着替えに一度戻った。

「ほたて江《え》公園」という名前の長方形の公園は確かに桜が満開だったが、古い団地と工場と運河の隙間にあり、風情は乏しかった。真ん中の小高くなったスペースでは頭にタオルを巻いた男たちがもうもうと煙を上げて肉を焼いていたり、それに苦情を訴える別のグループの女たちと言い争っていたり、その周囲を着ぐるみを着た子供たちが走り回っていたりで、満開の花のあやしいほどの美しさを静かにあじわう、なんていうことはなかなかに難しい。桜の木の下に埋まっている死体もうんざりして他所《よそ》へ行ってしまうような騒々しさだった。

肉を焼いているのも、苦情を言っているのも、どちらもかなり年配のようだ。定年後の夫とその妻、と見える年齢。バーベキューコンロの真ん前に陣取っているのは、たまみの父親、この花見の幹事だ。中学生の時に二度ほど会ったきりのわたしのことは覚えていなかった。

　そして誘ったたまみ本人は、まだ現れない。わたしは、公園の半分を覆うほどに広げられたブルーシートの隅、帆立貝の形に掘られた砂場の横に座っていた。

「かわうそ堀」という名の由来が、川内惣次郎が開墾した土地だったから、川鵜《かわう》がいたから、など定かでないがとにかく残念ながらイタチ科のカワウソではないように、このあたりの地名「帆立江《ほたてえ》」も貝ではなくて船着き場があったからなのだが、公園の入口にも帆立貝のマークがついている。歴史はもっともらしく書き換えられていくものだ。

「飲みますか」

　右側から、缶酎《ちゅう》ハイが差し出された。周りにいるのは、わたしよりも一回りほど若い女性たちのグループだ。

「ああ、どうも」

　よく冷えたメタリックブルーの缶を受け取りつつ、寒いのにな、と思う。温かいお茶のほうがいいのだが、なさそうだ。

「ミナとあーちゃんはどれにする？　レモン、ライム、グレフル、梅、やっぱり糖類ってゼロのほうがいいの？」

「ざくろ」

「アセロラ」

二十代前半と思しき彼女たちは、所在なくしているわたしに気を遣って、声をかけてくれた。若くても年を重ねていても大阪の女たちのありあまる社交性は、こんなときとても助かる。

ウチの商店街の集まりやからおっちゃんおばちゃんばっかりかもやけど、とたまみは言っていた。缶酎ハイをくれた子は、酒屋の娘だと言っていた。

「寒い」

「飲むしかない」

「うん、飲むしかない」

「寒いから」

すでに少々酔っているらしいあとの四人は、酒屋の娘の中学時代の同級生たちらしい。わたしとたまみと同じ関係だ。

金網のフェンスの外は、運河の流れがある。対岸は、白っぽく霞《かす》んで、ぼやけている。灰色がかった空気の向こうに、工場のクレーンと煙突がかろうじていくつか見える。向こう岸は、ずいぶんと遠いような気がする。

白い雲の下で、花びらの色は薄く、空と同じくらい白く見えた。白すぎる。もしかして、桜じゃないのかも、と急にそんな考えが浮かんだ。よく似ているけど違う花を咲かせて、人間をおびき寄せる植物かもしれない。

「飲んでますか？」

「ありがとうございます」

缶酎ハイをくれた子は、ヒョウ柄のコートを着ていた。ファーではないが、暖かそうに見える。缶ビールや缶酎ハイの半分ほどは、彼女の実家の酒屋からの差し入れで、今夜になったら母親がもっと酒を持ってくるらしい。周りにいるのは、郵便局の娘、今は廃業した豆腐屋の娘、閉店した布団屋の娘、あとの一人は会社員の娘、と紹介してくれたので、わたしは西岡《にしおか》不動産の娘の友人だと回答した。

「普段はなにしてはるんですか？」

「文章を書く仕事を」

「へえーっ、そんな人、初めて会いました」

「文章ってどんなんですか？」

会ったばかりなのに親しげで賑《にぎ》やかな反応がかえってくるのは、大阪に戻ってきたことを実感して楽しくもあり、気恥ずかしくもある。

「一応、小説を」

この三年、新刊を出していない。

コラムや映画評を書いてなんとか生活をしているが、「恋愛小説家」がどうこう以前に、「小説家」と名乗っていいのかさえあやうい状況にある。怪談本を読みあさったり、取材をしたりしているが、怪談小説はまだ書き上がっていない。

「小説！　えー、えー、すごいじゃないですか！」

「じゃあセンセイや！」

「カンヅメになったりするんですか？」

小説家、というと、多くの場合、部屋の隅に編集者を待たせて机に向かって髪を掻《か》きむしりながら原稿用紙を丸める、そんなイメージが浮かぶようだ。手紙なんてほとんど書かなくなってスマートフォンでメールかSNSなのに、「作家」の姿は昔のまま更新されない。

「どんな小説ですか？　なに小説？」

「古地図の話を書くつもりだったんですけど、それだけじゃ読んでもらえないから恋愛要素を入れるように、って編集者から要望されて。それでなんとか書き上げた作品が、幸運なことにドラマ化されまして」

「ドラマ！　それ、ほんとに小説家ってことやないですか」

「すいません、わたしも、嘘とは言わへんけど、自称かなって思ってました」

「センセイとか言うといて。ほんま適当やな」

「ほんなら恋愛小説ですね！」

「えー、じゃ、意外に恋多き女ってことですか！」

「実はすごい経験してはるとか」

意外、がどういう意味かつっこもうかと思ったが、これも小説かエッセイのネタにすればいいことだ。

「それが全然違うから、困ったことになりまして。そのドラマでは恋愛のほうがメインになったので、すっかり恋愛イメージになって。仕事の依頼が来るようになったのはいいんですけど、どれも恋愛ものばかりで……」

肉が焦げるにおいが漂ってくる。商店街の娘たちは、特大サイズのシュークリームを分けながら、つけまつげに縁取られた目を光らせている。白い花びらが、わたしたちの真ん中にひらひらと落ちてきた。

「そのうちに恋愛相談の連載までやることになったりして、友だちに聞いてなんとか乗り切ってたんですけど、どうにもこうにも無理があって、まったく違う要素の小説を、と決意しまして」

「大変なんやー」

「どんな職業でも苦労があるんやで」

「ほんまやな、わたしらもがんばらな」

「せやせや」

「恋愛やめてなにするんですか」

「そら殺人ちゃうの」

「官能？」

「それは恋愛と被《かぶ》るやん」

「え、被らんやろ？　時代ものはどうですか、わたし実は池波正太郎《いけなみしょうたろう》好きなんです。渋いでしょ」

「わたしは断然、殺人推しです。猟奇殺人のえぐいのん書いたら、イメージ変わりますよ！」

期待の視線を寄せる彼女たちを順に見回し、わたしは、言った。

「怪談を」

彼女たちは、互いに顔を見合わせ、それから頷《うなず》き合った。そして、いちばん奥に座っていた、会社員の娘を見た。彼女だけは、自己紹介以外はほとんど話さずときどき頷くくらいで、あとは桜の木を見上げていた。

「この子に、取材してください」

「そら、リエコ以外ないわ」

酒屋の娘と元豆腐屋の娘にうながされ、リエコと呼ばれた会社員の娘は、わたしの隣へ移動してきた。

「もしや、ネタをお持ちで？」

「一応……」

白いシャツにグレーのジャケット、デニムという至ってシンプルな服装だが、周りにいるのがヒョウ柄、蛍光グリーン、蝶《ちょう》柄、チェックと水玉の合わせ技という賑々しさなので、かえって目立っていた。

髪も今どきのアイドルグループみたいな、黒髪ストレートロング。通勤途中とも見える恰好《かっこう》だが、全体に整っているので地味という印象でもない。ただ、この浮かれた場所にそぐわない感じはした。

「あ、わたしらはそっち系めっちゃ苦手なんで、離れときますね」

酒屋の娘たちは、そう言って座る向きを変えた。その前に、ちょうどいい具合に焼けた肉やみたらし団子やポテトチップスを調達してきてくれたので、今の若い子は気が利くと感心した。

「お話伺ってもいいですか？」

「そんな、本になるようなおもしろい話はないんですけど、いいのでしょうか」

彼女が正座をしたので、わたしも姿勢を正して頭を下げた。

「あ、もう、なんでも。どんなことでも聞きたいので、よろしくお願いします」

「そうですねえ、じゃあ、最初の話から」

〝最初の話〟をリエコは、うつむき加減のまま、しかし思いがけないよどみなさで話し始めた。

ちょうど十年前、中学二年になってすぐのころなんですけど、クラスの女子グループで仲間はずれになってしまったんですね。きっかけは些細《ささい》な、別のグループの子と遊びに行ったとか、グループの子全員に同じお土産を渡さなかったとか。よくある、今となってはどうでもいいようなことですけど、あの年頃はそういうの、重大なことじゃないですか。それでも、塾で仲いい子たちがいたから、登下校や昼休みはそっちの子たちといっしょに過ごしてたんですけど、そのうちになんだかそっちでも避けられるようになって。

それで、学校をときどきさぼるようになったんですよね。わたし、もともと体が弱くて体育の授業も休みがちで、でも真面目で成績もよかったっていうか、先生にも信用されてたからつらそうな声で電話すれば、無理すんなよ、なんて言われて。父は仕事を変わったばっかりで家に帰る暇もないくらい忙しかったし、母は仕事と祖母の入院先を行き来してて、わたしが学校行ってないのも気づかへんかったし。

でも、家にいると近所の人にばれて、なんか言われるでしょ。みんな知り合いで、誰がどこ歩いてたとか報告されるようなとこやから。かといって、お金もないから行くとこがないわけですよ。当時のお小遣いなんて月二千円で。ネットカフェも無理。それで、思いついたのは電車、環状線です。隣の駅までの切符買って、ひたすらぐるぐる回るんですよ。そうすれば百二十円だかで、座れて、空調も効いてるところで何時間でもいられるわけで。

図書室で借りた本読んでることもありましたけど、たいていは寝るか、ただぼーっと周りを見てました。

昼間の中途半端な時間やから、区間によっては何人か立ってる人がいる程度で、たいていは空《す》いてました。駅に着いたら人が降りて、また乗って来て。大阪駅とか京橋《きょうばし》とか天王寺《てんのうじ》とか、大きな駅やとようさん降りていって、それと同じくらい乗って来る。あー、みんな行くところがあるんやな、やることがあるんやな、って。羨《うらや》ましいっていうか、自分はこんなとこで、勉強もしてへんし、なにも生み出さへんし、友だちもおらんし、ってけっこうマイナス思考でぐるぐるしつつも、ちょっと楽しかったかな、今思えば。

ときどき、降りへん人がいるんですよ。半周過ぎても、一周して同じ駅に戻ってきてもずっと乗ってる人。あのおっちゃんもわたしと同じやな、行くとこないのやな、って妙な親近感抱いたりして。

あれは、二学期が始まってたけどまだ蒸し暑いときで、涼しい車内にほっとしてたのは覚えてます。たぶん九月の終わりごろかな。そうそう、相変わらず「はみご」やったから、運動会の練習の時間がつらくて。だからやっぱ九月の終わりですね。環状線で、外回りやったかなー、もうすぐ一周っていうところで、斜め前に座ってる女の人が替わらへんことに気がついたんです。この人、もうだいぶ長いこといてはるやんな、って。

わりに上品なおばさんで、そういう人はめずらしいんですよ。何周もしてるのは、たいがいは仕事のなさそうなおっちゃんかおじいちゃんやから。薄紫のワンピース着て、姿勢良く座ってる。窓の外をまっすぐに見てました。

なんとなく気になってそのおばさんを見てて、そしたら、目が合ったんです。おばさんは、わたしをじっ、と見ました。表情は変わらなかったけど、目を見開いて、わたしの顔を凝視していました。わたしは慌てて目を逸《そ》らしたんですけど、しばらく視線は感じてました。

でも、その人がどこの駅で乗ってきたのかは、どうしても思い出せなくて。おばさんに気づいてから、さらに半周くらいしたところで、子供が二人乗ってきたんですよ。小学一年生か二年生くらいの、男の子と女の子。白いシャツに紺の半ズボンとスカート、学校の制服姿で、よく似てたからきょうだいか、もしかしたら双子かなって思いました。わーって賑やかに駆け込んできて、おばさんの前に立った。途端に、おばさんは優しい笑顔になって、「おばあちゃん、あのな、今日な」と、膝《ひざ》にまとわりつく二人の頭を撫《な》でたりしてました。

変わった待ち合わせしはるなあ、と思って、それからまたなんとなく、おばさんとその子らを見てました。ちょうど空《す》いてる区間で、子供たちは、床に座ってままごとっぽいこと始めたり、シートに後ろ向きに乗って外を見たり、歌をうたったり。

空いてるっていうても、それなりに乗ってる人いてたんですけど、誰も気にならへんみたいでした。男の子のほうが走っておじいちゃんにぶつかったんやけど、怒られもせずで。わたしは、正直言うとちょっと苛《いら》ついてました。なにもかも嫌になってるときでしたしね。

さらに半周が過ぎても、おばさんと子供たちは、降りる様子がなかった。電車が好きでここで遊んでるんかな、とも思ったんですけど、おばさんもずっと乗ってるし。子供たちが乗り込んできた駅が近づいてきて、そしたらやっとおばさんは立ち上がって、女の子は右、男の子は左で手を繋《つな》いで、ドアの前に立ちました。

そのとき、わたしも降りよう、と思ったんです。なんでそんなこと考えたんか、今でもわからないんですけど、急についていきたくなったんです。もともとやることも行くとこもないのに時間だけはあったから、単純な思いつきやったんやろうけど。

その駅で降りるのは初めてでした。

特に乗り換える線もない、乗り降りするお客さんの少ない駅。うちの駅からちょうど反対側くらいやから、それまで縁もなかった。

乗り越し精算をしてたらその人らのこと見失いそうになって、慌てて改札を出ると、駅前もそんなに賑やかじゃなかったんです。それなりに店はあるけど、商店街ってほどじゃない。道幅狭くて古い家が多いなと思いましたけど、特別変わったとこもない、普通の街でした。

パン屋の角で右を見ると、子供のうしろ姿が見えたので、距離をあけてついていった。狭い道の両側には、長屋が連なってました。建物が詰まってるせいか、なんとなく薄暗くて、まだお昼過ぎやったのに、夕方みたいでした。

子供たちは、何度か振り返ってわたしを見ました。ちょっと不思議そうな、なにかを確かめるような感じで。でもなにか言ったりはしなかったから、わたしは距離をあけてはいたけど、隠れないで歩きました。

人気のない路地を何度か曲がったあとで、おばさんと子供たちは突き当たりの家に入っていきました。ひときわ古い、周りの長屋に比べて間口の広い家で、ガラスの引き戸の内側には白いカーテンが掛かっていました。

さすがに、家の中まではついて行かれへんし、帰ろか、と思って引き返したら、勢いよく戸が開く音がしました。まるで叩《たた》きつけるような。

振り返ると、二階の窓が開いて、さっきのおばさんがわたしを見下ろしていました。おばさんの後ろに見える部屋は真っ暗でした。日が入らなくて中が見えない、というよりも、暗闇がそこに満ちているという感じでした。おばさんは、しばらくこっちを凝視して、それからゆっくりと、指さしました。わたしを。

伸ばした右腕の先の人差し指が、まっすぐわたしに向いてたんです。

その瞬間、ものすごく怖くなりました。心臓をつかまれたみたいに体がぎゅっと縮んで、震えがきました。すぐ、走ってその路地を引き返しました。

なにか、取り返しのつかないことをしてしまった、と思いました。なんで電車を降りてしまったんやろう、なんで跡なんかつけてしまったんやろう、って。

ところが、路地を曲がっても、帰り道がわからない。わたしは道はよく覚えてるほうで、確かに来た道を引き返してるはずやのに、駅前っぽいところに全然出ないんです。

ちょっと戻って別の角を曲がったりしてるうちに、ますますわからなくなってきました。周りは、古い家ばっかり。しかも、どこも窓を閉めきってて、少しも人の気配がしない。

わたし、実はけっこう思い詰めてたんですよね。中学生って、学校しか世界ないですからね。学校行かんでもよくなったらええのにな、って思ってた。それって、天変地異とかで明日がなくなるか、学校が火事とかになるか、それとも自分がいなくなることか、その辺は曖昧《あいまい》でしたけど。とにかく、「今」がなくなってほしい、って。

だから、ここでわたしの時間は終わるのかも、ってなんとなく、感じました。それやったらそれでいいかな、って。ただ、延々とさまよって道端でぼろぼろになって苦しむのはいややなあ、と。それから、もしかしてあのおばさんが追いかけてきて、と思うとまた怖くなったけど、そんなことはなさそうでした。

路地は、どんどん暗くなってきて、ときどき人は通るんですけど、なんとなく話しかけてはいけないような気がしました。

おなかも空いてたけど、ポケットに入ってるのは、三百円。これだけしかないからまだ使ったらあかんとも思ったし、だいたいお店が見当たらない。そういえばコンビニも一軒もなかった。

やっと声がする、と思ったら小学校がありました。でも校庭には誰もいなくて、子供が合唱する声が聞こえたんですけど、校舎の窓も全部閉まってて姿は見えませんでした。その向かいに、学校の近くによくある小さい文房具屋さんがあって、そこにおばあさんがいました。あ、人がいてる、と近づきかけたら、おばあさんはわたしを見た瞬間、引き戸を閉めました。

ものすごくさびしくなりました。なんかよくわからへんけどここでもわたしは避けられてるみたいや、と、どうでもいいような気持ちで、だけどどうしようもないから、ただひたすら歩きました。どのくらいの距離を歩いたかわからないけど、川に出ました。コンクリートの堤防がある幅の狭い川。わたしは、社会の時間に習ったばっかりやった市内の地図を思い浮かべて、この川の流れる方向に歩いていったら知ってるところに出るはずや、と思いました。だから、歩いてみよう、って。それでも、幹線道路に出て駅を見つけたときには、電車を降りてから五時間も経ってました。そのあいだに、わたしが学校にも家にもいないことがばれて、大騒ぎになってて、めちゃめちゃ怒られたし、それからはさぼることもできへんようになって、クラス替えがあるまでの半年、ほんまにしんどかったですね。しんどすぎて、何回も、あの街から帰ってけえへんかったらよかった、また行ったらどうなるやろう、って考えました。でも、あの指さしてたおばさんの顔を思い出すと、怖くなって、どうしてもあの駅で降りられなかった。実は、いまだにあの駅では降りたことないし、近くにも行ったことないんです。

リエコは、持参していたらしいペットボトルのミネラルウォーターをゆっくりと飲み干した。

「それ以来、なんとなく周りの人と感じが違う人に会う、っていうか、見かけるようになって」

「感じが違う？」

「服が、昔の服なんです。映画や写真で見るような。着物の人もいます。その人たち、今ここで暮らしてるわたしたちと特別変わったことはないんですけど、ただ」

リエコは言葉を切り、大きく呼吸をした。

「わたしのこと、見てるんです」

顔を上げて、わたしに視線を合わせた。

「じいっと、見てるんです。わたしには見えてるってわかるんでしょうね。自分の存在に気づいてるって」

リエコは、色素の薄い瞳《ひとみ》を見開いていた。茶色い瞳は、細かく黒い筋があった。その中心の黒い円。正確に機械で開けた穴のように整った形なのが、不思議に思えた。人間の体なのにこんなに正確な形だなんて。そう思って眺めると、穴に見えた。眼球の中の暗闇の、どこか遠いところへつながっている暗闇の、表面にあいた穴。

酒屋や郵便局の娘たちは、わたしたちのことなんて忘れてしまった顔で、深い赤色のワインを注ぎ合いながら、大笑いしている。

〝自称・作家〟と話すのが面倒だったのかな、とわたしは思い始める。そして、何度も繰り返して話しているに違いないリエコの幽霊話が、体のいいやっかい払いのためにつかわれてしまったのかも、と。

せっかくの花見なのに申し訳ないことをした、と思うが、リエコは同級生たちにも、そしてわたしにもたいして関心がないふうに、香料の強いライム味の缶酎ハイを開けて飲み始めた。その横顔を見ていると、そういえばそもそも、中学の女子グループで仲間はずれになって、という話だったことに気づいた。酒屋の娘たちは「中学の同級生」と言ったけど、そのときのグループとは別の子たちなんだろうか。それとも……。

リエコは、とりあえず、他とは違う存在らしい人々に、話しかけたり触ったり、ついていったりしないようにしている、と言った。たまに、怒っている顔、誰かをにらみつけている顔をした人を見かける以外は、怖いと感じることもない。ただそこにいる人が見えるだけやから、とリエコは穏やかな口調で話しながら、一本残ったみたらし団子をつまみ上げた。

「それに、一つだけよかったことがあって。ときどき、おじいちゃんがいてるんですよ。うちの、父方のほうの」

わたしも、新しい缶酎ハイを開けた。酎ハイは気温と同じ温度になっていて、冷たくもぬるくもなく、ただ人工的な甘さだけが舌に残った。

「おじいちゃん、わたしが生まれる前にもう死んじゃってたんですけど。話したりはできなくても、見守ってくれてるのかなって」

「なんで、おじいちゃんってわかったんですか」

「部屋に写真がかかってたし、おじいちゃん、昔役者してはったから、映像も見たことあるんです。五十歳そこそこで死んだから、見た目はおじいちゃんって感じやないですけど」

リエコの祖父は、家業の畳屋を兄弟で営むと同時に、京都の撮影所で主に時代劇の斬られ役や通行人をやっていたらしい。その年代の人にしたらおしゃれな、かわいらしいおじさんで、とリエコは今日の長い話の中で初めて少し笑顔を見せた。

「実は今もいるんですよ。あっちの端っこ、いちばん大きい桜の下に座ってますね。離れてるから、楽しそうにしてるのかどうかちょっとわからないですけど」

リエコの視線の先を、探した。

そこには、確かに初老の男性が座っていた。チャコールグレーの古くさい型の背広を着ている。表情ははっきりとは見えない。こちらに視線を向けているような気はする。

「もしかして……、あの左の人？」

怖くはなかった。わたしにも見えるんだったらいいのに、と思った。小説が書けるかもしれないという淡い期待と、それから、なにか今までとは違うもの、他の人が知らないもの、たとえばリエコの目の奥の暗闇にいるもの、なんでもいいから見てみたいという気持ちがあった。いずれにしても、利己的な理由だ。

「あのおっちゃんは……、違いますよ。ただ酔うてはるだけやと思います」

「あ、そう」

わたしは少し落胆した。

「おはぎ食べますか」

酒屋の娘が、黄色いおはぎと小豆《あずき》色のおはぎを紙皿に盛ってきてくれた。怪談が書けずにしばらく家にこもっていたせいで被害妄想っぽくなっているのかも、とわたしは反省し、きなこのおはぎを受け取った。

ますます冷え込んできたが、公園には、人が増えた。中学生らしき女子のグループが、焼けた肉をもらおうと集まっている。いちばん大きな桜の下では、おじいさんたちの将棋大会が始まっていた。酒屋の娘のまわりには、同じ年頃の子たちがさらに増えていた。ただ、女ばかりだった。

「若い男の人って、どこでなにしてるんやろねえ」

わたしは、なんの気なしに言った。恋愛相談の連載をしていたあいだに何百も寄せられた「出会いがありません」のメールを思い出しながら。

「働かされてるんですよ」

酒屋の娘の、明瞭《めいりょう》な少しも酔いの混じらない声に、わたしは戸惑った。その隣で、郵便局の娘がなんの躊躇《ちゅうちょ》もなく、当然のことだというふうに、言った。

「みんな、働かされてるから、いないです。同級生も、友だちも、もう、ずっとこのへんにはいないです」

「……どこで？」

「どこか。そんなに遠くはないけど、わたしらには行かれへんところです」

「ねーっ」

郵便局の娘も元豆腐屋の娘も元布団屋の娘も、そしてリエコも、表情を変えずに頷いた。

「それは、あの、」

わたしが言いかけたところに、たまみが駆け込んできた。

「あーっ、ごめんごめん、もうほんま、困った客でうちではどうにもならへんことを延々と」

たまみは、ほとんどない隙間を尻《しり》で押し分けて座り、

「さあ、飲むか」

と、滑らかな動作でいちばんアルコール度数の高い缶酎ハイを開けた。空気が抜け

るいい音がして、柑橘《かんきつ》系の香りが広がった。

雲の向こうで、もう日は沈んだのだろう。曇り空は濁った水色が濃くなり、いつのまにか強い光を発している街灯の周りで、桜の花の色はますます青ざめ、造花のように見えた。偽物の花で人間を呼ぶ植物。夜になると、根元に穴が開いてわたしたちは飲み込まれる。

川の向こうで、白い光と赤い光がゆっくりとまばたきをするように点滅していた。

「寒いから、わたしらもう帰ります」

酒屋の娘たちは、自分たちのゴミをまとめ始めた。

「えー、そうなん？」

「別のお花見、誘われてて」

「川沿いの桜並木が見える、豪華マンションらしいです」

「あ、そう」

リエコは、特にわたしに話すこともなく、軽く会釈をして、彼女たちのいちばん後ろについていった。一度振り返って、祖父がいると言ったあたりを見ていた。リエコの祖父がこの公園に残ったのか、リエコについていったのか、それとも消えてしまったのか、わたしにはわからなかった。それとも、誰もいなかったのか。

リエコには誰が見えていて、そして、彼女は誰から見られていたのだろう。

スーパーのパート仲間の一団も帰って、ビニールシートは広くなった。急にさびしくなったし、物理的にも寒くなった。

公園の中央ではたまみの父親がまだ肉を焼き続けていたが、さっきまでの騒々しさがさっと引いたぶん、この砂場の周辺は重要なものがなくなってしまったあとの空き地みたいなさびしさが漂った。

いつか、遠い昔に、ここに似た公園で、たまみと二人でいたことがあった。そのときも、日が暮れるころに他の友だちは次々に帰ってしまい、最後にわたしたちだけが残った。海の底のような色に変わった空の下で、たまみと二人、不安になりながら立っていた。

そんなことあったよね、とわたしが聞くと、たまみは、

「覚えてるんや?」

と、抑揚のない声で返した。

「忘れたんかと思ってたわ」

真顔で言うたまみを、わたしは見つめた。

「自分だけ忘れて、なにもなかったことにしてるんかと思ってた」

たまみは、それ以上のことは話さなかった。今日のややこしい客のぐちを言い始め、焦げた肉を食べた。

ときどき、白い花びらが降ってきた。明日はまた雨の予報で、そうしたら花は散ってしまうだろう。

一四　光

西日を受ける車両は、立っている人がまばらにいる程度に空いていて、花見でリエコの話を聞いていたときに思い浮かべていた光景と似ていた。

かわうそ堀の最寄りは地下鉄の駅だから、JR大阪環状線に乗るのは久しぶりだった。しばらく乗らないあいだに、列車の種類が増えていたり停まる駅が変更になっていたりで、なんだか別の路線に乗っているような気持ちになる。

日はずいぶんと長くなった。ついこのあいだ、この世のものとは思えないほど絢爛《けんらん》にそこら中で満開だった桜も、もう緑の葉を茂らせて何でもないふうにしている。わたしはドアの脇に立ち、マンションや雑居ビルがごちゃごちゃと建て込んだ風景が一定のスピードで流れていくのをなんとなく眺めていた。

傾いてきた日が窓ガラスに反射しているのか、きらきらした形が浮かんでいることに気づいた。六角形の、少し黄色っぽい光の塊。写真に写り込む、フレアという光の像に似ている。どこから光が射しているのかと、わたしは車内に視線を移した。制服の高校生、ベビーカーに子供を乗せた若い母親、窮屈そうなスーツを着た体格のいい会社員……。ロングシートに座る人はほとんどが、握ったスマートフォンに目を落としている。

わたしのこと、見てるんです。

花見のときに聞いた声が、再生するように思い出された。わたしは、あの話のようなことに遭遇することを期待して環状線に乗ったのだが、それらしい人は見つけられなかった。

あの人も、この人も、誰も、見ていない。皆、小さな液晶画面に夢中で、細長い空間にいる数十人の誰も、わたしのことなど見ていなかった。

むしろ、わたしなんてここに存在しない、という証明なんじゃないか。そんな考えが頭をよぎる。こっちを見ているのは、中吊《なかづ》り広告のグラビアアイドルだけだった。

視界の隅に、きらりと光るものが動いた。見ると、六角形の光が、浮かんでいる。さっきガラスに映っていた六角形の輪のようなものが、吊り革のあたりを漂っていく。反射の光ではない。光が、形として、そこにあった。

頭から血が引いていく感覚がした。冷たい空気が首のところを流れていった。

光は、転がりながら、空間を移動していく。転がりながら形を変え、球体になった。

その表面に、車内の光景が映っている。

こんなにきれいなのに、わたしはなぜ、怖いのだろう。なぜ、恐ろしい話を聞いたみたいに、体が動かないのだろう。

列車は、駅へと入った。反対側のドアが開いた。降りる人も乗る人も、ほとんどいなかった。

光の塊は、わたしのほうへと近づいてきた。まぶしくて、一瞬、目を閉じてしまった。

再び目を開けると、光の球は、ちょうどわたしの顔の前を通り、ドアの窓ガラスをすり抜けた。しばらく宙を漂い、それから、消えた。

わたしは、車内に視線を戻した。

ドアが閉まって、列車は動き出した。

誰も、見ていなかった。

誰もが、気づいていないふりをして、必死に液晶画面から目をあげないようにしていた。

列車は緩いカーブで傾き、川面《かわも》では無数の光が輝いていた。

一五　茶筒

宮竹《みやたけ》茶舗、と書かれた看板はかなり古く、金色の文字は埃《ほこり》と錆《さび》でくすんでいた。かもめ州《ず》商店街の突き当たり、黒瓦《くろがわら》の重そうな屋根にうだつまでついた年季の入った建物からは、お茶を焙《ほう》じる香ばしいにおいが、漂ってきた。

「こんにちはー」

店頭の特売のお茶が並ぶ台のところから、声をかけた。レジ台のうしろに座っていた男が、顔を上げた。

「はぁい」

覇気のなさをおどけた調子でごまかしたような声だった。

上げた顔は、口とあごの周りが髭《ひげ》で覆われていた。中途半端に伸びた髪もぼさぼさで、はねた前髪の下の目が、上目遣いにこちらを向いている。

「あのー、西岡不動産から賃貸契約書を持って来ました」

「はぁ」

奥のほうからがったんがったんと変則的なリズムの音が聞こえてくる。別の場所で見たお茶を焙じる機械を思い出す。コーヒーにもトーストにも似た香ばしいにおいが少々薄暗い店内を満たしていた。

「わたし、西岡たまみさんの友人で谷崎と言います。契約書をご確認いただいていいでしょうか」

「それはどうも」

四十歳ぐらいちゃうかなあ、とたまみは言っていた。宮竹茶舗の四代目やねんけど、離婚しはったとかで三年ぐらい前に横浜《よこはま》から戻ってきて。幽霊の絵を持ってるとか、その店自体〝出る〟とか、とにかく絶対ネタ持ってはるから。

当初の予定ではたまみといっしょに来るはずだったのだが、たまみは来客の対応があり、またしてもわたしだけが先に来ることになった。

宮竹さん所有の駐車場の契約書が入った封筒を手渡すと、彼は眉根《まゆね》を寄せてそれを眺めた。眉尻《まゆじり》が下がっていて、困ったような顔に見える。

「あのですね、たまみさんから教えてもらったんですけど、古い地図をお持ちだそうで」

「地図?」

不機嫌そうな、不審そうな調子の含まれる、ぞんざいな言い方だった。

「唐突にすみません。わたし、作家をしているんですが、このあたりの昔の資料を探していまして、大阪の古い地図がこちらにあるそうで」

四代目は、眉根を寄せたまま遠慮のない視線でわたしを検分した。それはそうだろう。いきなり店に入ってきた知らない女が、作家なので地図を見せろなどと言うのだから。

彼は首をひねり、んー？　と考え込むようにつぶやいて、それから、言った。

「ああ、地図か」

宮竹茶舗の四代目は、やっと立ち上がった。立つと大きいので驚いた。百八十センチは超えているだろうし、横幅もある。のっそりした動作と、以前はがっしりしていたであろう体格が全体にたるんだシルエットから、熊を連想する。立ち上がった熊。

「地図は、倉庫に置いてるから。今度でええかな」

「それはもちろん、いつでも、ご都合のいいときでかまいませんから、あの、ありがとうございます」

「あ、そ」

四代目は、あまり関心なさそうに言うと、契約書を封筒に戻し、レジの後ろにあったスチールのロッカーに入れた。がったんがったんと、機械の音はまだ続いていた。畳の小上がりの後ろ、引き戸の向こうにも土間が続いているようだ。間口のわりに奥行のある家。鰻《うなぎ》の寝床というやつだ。機械の音が響くたび、心なしか棚に並んだ急須《きゅうす》や茶葉の袋が揺れているように思える。

「この建物も相当古いですよね。築何年ぐらいですか」

「はっきりわからんけど、八十年とか、九十年とか。なんにしても戦前。ここらの一角は空襲で焼けへんかったからね」

駅から歩いてくる途中にも、昔の造りの木造家屋や細い路地があった。わたしが今住んでいるかわうそ堀は道幅も広くてマンションばかりだし、育ったところは団地や新しい建て売り住宅が並んでいたから、だいぶ風景が違う。

戦前からの木造家屋がそのまま残っているなんて、それだけで怪談の一つや二つあって当然という気がする。表の引き違いのガラス戸に並ぶ筆文字の書体や小上がりに積まれた茶箱も、映画のセットみたいによくできている。

「こちらは、ずっとお茶のお店なんですか」

「元々うちの店は千日前《せんにちまえ》のほうにあったんやけど、じいちゃんの代の時に空襲で焼けて、戦後に親戚《しんせき》がやってたこっちの店に移ってきて、……ちょっと、すんません。うおぉーおぅ」

宮竹さんは、大きなあくびをした。熊、とまた思ったが、熊があくびをするところを実際に見たことはなかった。

「お疲れのところ、すみません」

「いや、せやなくて……」

言いかけてまた、大あくび。奥歯まで全部見えそうだった。木彫りの熊の吠《ほ》えているポーズにそっくりだ。

この人も、夜型なのだろうか。わたしみたいに朝に弱いのかもしれない。

「すんませんね」

四代目は後ろを向いて、指の太い手で顔を洗うようにこすった。チェックのシャツの裾《すそ》は皺《しわ》だらけのうえにめくれ上がっている。

店内は、壁も天井も煤《すす》なのか板が飴色《あめいろ》になっていた。壁一面にしつらえられた棚は、左側には茶葉の缶や袋が、右側には急須や湯飲みや茶筅《ちゃせん》が並んでいる。

奥の隅には神棚があり、その下には建物と同じくらい古そうな、階段簞笥《だんす》があった。天井に届くまで八段もあって、黒い引金具のついた、重厚な作り。そのいちばん上の段に、茶筒が一つ、ぽつんと置かれていた。

ブリキなのか、くすんだ金属は錆でまだら模様になり、植物の模様が描かれたラベルも文字が判然としない。かなり昔のもののようだ。創業当時のものかも、と古いものや珍しいものが好きなわたしは、手にとって見たくなる。

「あれ、なにか特別なお茶ですか?」

眠そうな目で四代目は振り返り、それから、わたしの視線をたどって茶筒を見上げた。

「……うちの前にここの店をやってた親戚、じいちゃんの兄貴やったかな、そこから引き継いだもんでね。とにかく、触るなって、言われてるんやわ」

「ずいぶん古そうですね」

「そうやろね」

四代目は、今にも眠ってしまいそうな目で、わたしを見た。視力の悪い人がなんとか確かめようとしているみたいに、わたしの顔を凝視した。

仕事関係以外の男性に接することがしばらくなかったので、少々動揺する。体格は熊のようだが、黒目がちで丸こい目もかわいらしい顔に思えてきた。しかし、その目はまぶたがだんだんとおりていき、もしかしてこの人は立ったまま眠ってしまうのだろうか、倒れてきたら下敷きになってしまう、と心配になったところで表のガラス戸が勢いよく開いた。

「こんにちはー。西岡不動産ですぅ」

たまみの到着だった。

四代目は、はっと我に返り、首の後ろを荒っぽく掻《か》いた。

「毎度……。契約書、この人からもろたよ」

「お世話かけますぅ」

たまみは商売用の愛想のいい態度と声で、店に入ってくるとわたしの腕を引っ張って囁《ささや》いた。

「聞いた？」

「地図は今度見せてくれるって」

「それだけ？　取材せなあかんやん」

わたしの肩の辺りを叩《たた》くと、たまみは四代目に向かって言った。

「宮竹さんが、幽霊が見えるとか、霊感があるとかいうお話を聞きましてですね、ちょっと取材したいな、って。この子、作家なんですよ、これでも」

「……ああ、作家っていうのは聞きました」

四代目は、戸惑うような、多少うさんくさそうな顔をして、わたしとたまみを見比べた。

「お茶、買いますから。高級なのは玉露？　どれですか？　ね、買うやんね？」

「それは別にええんやけど……」

四代目は、ちょうど続けて二人入ってきた客の対応をし、それから小上がりの荷物をどけて、わたしとたまみに腰掛けるよううながした。

座ると、ガラス戸越しに商店街が見えた。駅から続く商店街もここが終点だし、そもそもシャッターが降りたままの店も多いので、人影はまばらで、街灯にぶら下がる真っ赤な旗だけがいやに目についた。

「おれが高校生の時に死んだ親父がね」

四代目も、レジ台の椅子に腰を下ろした。

「そういう話が好きで。古本屋やら骨董《こっとう》屋で怪しげな由来のもん買《こ》うてきたり、百物語っつーの？　怪談会開いたりね。それがもとで、うちの母親としょっちゅうけんかしとったわ」

ずっと続いていた機械の音が、ようやく止まった。操作しているのはそのお母さんか、従業員か。棚のお茶を見てもそんなに次々と売れるわけでもなさそうだが、たまみの話によれば、こういう商店街の昔からの店は贈答品や葬儀の返礼品の注文があるし、宮竹さんちはアパートと駐車場を持っていてむしろその賃料収入のほうがメインなのでは、ということだった。

そのせいか、この熊っぽい四代目も、なんとなくのんびりした雰囲気というか、あまり商売熱心な感じはしない。取材をしに来たのは自分なのにもかかわらず、営業時間中にわたしたちを座らせてゆっくり話をするなんてのん気だと思いながら、今は目が覚めたらしい四代目を見ていた。

「この家は、壊したらあかんて言われてんのよ。できるだけそのままに、あの階段簞笥も動かさんように、て。いじったら、なんや悪いことが起きるとかなんとか。改装もできへん。地震が来たらやばそうやけど、ま、逃げるしかないね」

「あの、茶筒……」

「そうそう、あれがいちばんの厄介もんいうか……」

四代目はそこで茶筒のほうを振り返った。

「聞こえてたらどうしよ」

とつぶやいた。

四代目の話によると、茶筒は、初代、つまり曾祖父《そうそふ》のころからずっとここにあるらしい。店ができるよりも茶筒のほうが前からあると父親に聞いたが、定かではない。

絶対に触ってはいけない、中を見てはいけない、とこの店ができた当初から家族も従業員もきつく言われていた。祖父の兄の時代に、従業員の一人がこっそり開けたところ、数日後にその人は大怪我をして里に帰ることになったし、店や二階では誰かがぼそぼそと話すような声がしばらく聞こえた。

戦争中は、茶筒も疎開させるか、空襲が来たらどうするのか、家族で話し合ったが、結局触らないことにした。空襲警報が鳴って避難して戻ってきても、地震があって店じゅうのものが棚から落ちても、あの茶筒だけは接着剤でくっつけたように、まったく動いた形跡がなかった。

「それがやなあ、親父が死ぬ間際に、おれを呼んで言うた。あの茶筒、開けてしもたんや、て」

「ええっ」

と声を上げたのは、たまみだった。

「おれが生まれる直前、母親が出産で京都の実家に帰って一人でここにいてるときに、気になりだして止められずに、開けてもうたんやって」

その夜、三代目はとても怖《おそ》ろしい夢を見たそうだ。しかしそれだけで、言い伝えられていたように怪我もしなかったし、不幸もなかった。患っていた肝硬変も、関係あるとは思わない。ただ、あれ以来後ろめたい気持ちが消えたことがない。実は夢で怖ろしいことを言われた。誰かわからないが声ははっきり覚えている。開けるなと言うたのになんで開けたんや、と低い男の声だった。三代目はそこまでしか話さなかったが、その続きがあったのではないかと四代目は感じた。

「それで、なにが入ってたんですか？」

先に聞いたのは、またもたまみだった。

「聞いてもいいのかな」

「そこを聞かな」

「だって、開けたらあかん見たらあかんもんを知ったら、聞いた人にもなにかあるんちゃう」

「だって気になるやん。わたしらは触ってないし、見てもない」

四代目は、わたしとたまみの顔を順番に見、ちょっと迷うような表情になったが、また首の後ろを掻いて、言った。

「ねじ、やて」

「ねじ」

「このくらいの、ちっちゃいねじが一つ」

四代目が大きな手の人差し指と親指で作って見せた幅は、三センチほどだった。

「それだけですか？　五寸釘《くぎ》とかでもなくて？」

「そうらしい。先の尖《とが》ってないボルトみたいなねじで、全体に錆《さ》びて赤くなってたって」

「そんなことがあっても、お父さんは怪談やら怪しいいわれのもんやら、好きやったんですね」

「そのへんがようわからんけどなあ。ねじは触ってないから、とは言うてた。昔開けた人は、触ってもうたらしいから」

伸ばしているのか伸びているだけなのかわからない髭を触りながら話す四代目の後ろで、茶筒は階段簞笥の最上段で鈍い光を放っていた。その中にあるはずの小さなねじには、わたしたちの声は聞こえているだろうか。真っ暗闇の中で耳を澄ましていたらどうしよう、と不安になる。

「この家って、ほかにもいろいろあるんですよね。ご近所の方から、ちらっとうかがいまして」

「ああ、米屋の佐々木《ささき》さんやろ。あのおっさん、噂話やらすぐ言うから。まあ、足音がするとか、手形が残ってたとか、ひと通りあるね。目撃情報は、髪の長い若い女と、子供と、お坊さん、かな。鏡に血まみれの人が映ってたとか」

「すごい」

「おれは見たことはないけどね」

「そうなんですか。そういうの、わからないほうですか」

「いや、そうなんかそうやないんか、自分でもようわからんのやけど、……寝てまうんやわ」

四代目は、少し照れたように首を傾げた。

「うちの母親が足音を聞いたときも、妹が知らん子供の姿を見たっていうときも、おれはすぐ横におったんやけど急にどないもこないも眠たなって、寝てもうたんや」

さっき四代目が繰り返していた大あくびが、まざまざと目に浮かぶ。

「普通の眠たさと違《ちご》て、急に意識が遠のくいうか。だから、親父にはおまえが眠たなったらなんかおるってことや、って、炭坑のカナリア扱いで幽霊屋敷やら山寺やら連れて行かれたこともあったね。なんちゅー親や」

四代目は、軽い調子で笑った。たまみも笑った。わたしは、笑うことはできなかった。今にも寝てしまいそうな顔で、わたしを見ていたのは……。

「あのー、さっき、眠たそうにしてはりましたよね」

「ああ、あれは、なんていうか、そやね」

四代目は、のそりと立ち上がって、大きな体をひねった。だぶついた腰回りの肉が目立った。

「まあ、言うほどのこととちゃうわ。たいしたことやないし」

聞かないほうがいいのかもしれない。知らないほうがいいことも、あるのだろう。たいしたことない、と言うのなら。

「地図は」

わたしも立ち上がって、言った。

「わたし、古地図、集めてるんです。もしよかったら、ほんとに見せてもらえませんか」

「せやったな。ちょっと探しとくわ、この裏手の蔵が倉庫代わりになってるんやけど、しばらく片付けてないから。また今度、火曜か水曜の今ぐらいの時間が暇やから、そやなあ、再来週以降に寄ってみてください」

「あっ、宮竹さん、一〇三号室、今週末に清掃入りますからよろしくお願いします」

わたしとたまみは、二袋ずつ煎茶《せんちゃ》を買って宮竹茶舗を出た。

薄暗い店内にいたので、ほぼ真上から射してくる太陽がまぶしかった。白い光に照らされて、道行く人の影は見えないくらいに短く、幻みたいだった。

一六　ファミリーレストラン

図書館で調べ物をしたあと、向かいにあるファミレスで遅い昼食にした。

外から見ると席はほとんど埋まっているようだったが、待つことはなく、すぐに席に案内された。細長いテーブルは真ん中に低い仕切りがあり、その両側に一人客ばかりが座っていた。

就職活動中らしい女子学生と営業途中の会社員男性に挟まれた席につくと、店員が並べたメニューを開いた。

ファミレスのメニューが好きだ。大きなサイズ。ラミネート加工されたつやつやの質感。明るい色調に、楽しげなキャッチフレーズが気分を盛り上げる。まるで遊園地のようだ。食欲をそそるように極限まで工夫された写真が、テーマごとに配置され、ページをめくるごとに驚きと感動がある。世の中にはおいしそうな食べ物がこんなにもあるのかと、恍惚《こうこつ》となる。その上、カロリーと塩分の数値まで書かれている。朝に弱いからモーニングメニューをめったに見られないことが残念でしかたない。販売してくれたら買うのに、といつも思う。季節ごとのメニューを集めていつでも楽しんだり、過去の限定メニューを懐かしんだりできれば、どんなにいいだろう。

渡されたメニューは三種類あった。グランドメニューは春のスペシャルパスタフェアが巻頭を飾る。別冊でシェフ特選北海道食材特集、それからいちごのデザートメニュー。

今の季節限定のメニューにするか、野菜をふんだんに使った健康的な定食にするか、ファミレスの醍醐味《だいごみ》、洋食かステーキにするか。メインは軽くしていちごサンデーも頼むか。

迷いすぎて決められず、わたしはいったんメニューをテーブルに置いた。そのとき、斜め向かいに座る人と目が合った。

初老の男性。

白髪交じりで、ヘリンボーンのジャケット。窪《くぼ》んだ分ぎょろりとした目を、こちらに向けている。わたしがこの席に案内されたときにはいなかったから、来たばかりなのだろう。なんとなく、どこかで見たような顔の気がしたが、思い出せない。

ちょうど、店員が注文を取りに来た。

「黒毛和牛ハンバーグブラウンバターソースに、Aセットをつけてライスと紅茶でお願いします」

「ご注文繰り返します。黒毛和牛ハンバーグブラウンバターソース、Aセットでライスに紅茶ですね」

「はい」

姿勢を戻すと、斜め向かいの人が、いなかった。すぐそこに座っていたはずの初老の男性が、いない。

テーブルの上には、水も、メニューもなく、そこに誰かがいたあとはなかった。

わたしのこと、見てるんです。

じいっと、見てるんです。

リエコの声が、また聞こえてくる。

わたしは、店内を見回した。

中途半端な時間なのに、ほぼ満席だ。スタッフの人数は足りていないようで、パートらしき女性たちが急ぎ足で行ったり来たりしている。入口近くのテーブルでは小さい子供を連れた母親たちが大げさに笑っている。年配の女性たちが家族のぐちを言い合っている。その隣では営業途中の会社員が資料をテーブルに広げている。誰かが呼び出しブザーを押し、テーブルナンバーの数字が赤く光る。

さっきの男性は、やはりどこにも見当たらない。わたしはスマートフォンを取り出し、メールを確認する。文庫本は無事に刷り上がり、明日見本が届くらしい。来月分の映画レビューは、見たことのない監督の作品が指定されていた。友人からは引っ越しの知らせ。

液晶画面から顔を上げ、ふと窓のほうに視線を向けたとき、心臓をつかまれたように驚いた。

窓際のテーブル席。女が、一人で座っていた。

髪の長い、わたしと同じくらいの年の女が、こっちを見ていた。目をいっぱいに見開き、信じられないものを見たという顔で、周りのことを忘れてしまったように、動きを止めていた。

目を逸《そ》らしたほうがいいと思うのに、吸い込まれるようにそこから視線を動かせなくなった。

しばらくして、その人の口が動いているのに気づいた。

わたしに向かって、なにかを言おうとしている。

そう思った途端、女は慌てたように、乱暴に上着と鞄《かばん》をつかみ、伝票と代金をレジに置いて、足早に出ていった。

「お待たせしましたー」

ハンバーグが運ばれてきた。鉄板は熱せられた脂が勢いよく跳ねている。水のグラスについた水滴が重さに耐えきれずに流れていく。子供が泣き出した。別の子供も。

怪談小説は、まだ書きあがらない。

一七　三叉路

ポストに封筒が入っていた。開けると、さらに封筒が入っている。ごく一般的な、茶封筒だ。

新聞社から、手紙が転送されてきたのだった。わたしに読者から手紙が来るなんて、とてもめずらしいことだ。

「先日の随筆を拝読いたしました」

達筆な、品のよさがうかがわれる文字で始まるその手紙には、二週間ほど前に掲載されたエッセイの感想が綴《つづ》られていた。

「先生のご友人は、蝶《ちょう》がとても怖いそうですね。モンキチョウのようなかわいらしい蝶でも逃げ出したくなるなんて、不思議ですね」

最近は感想はブログなりレビューサイトなりに書き込むから手書きの手紙が送られてくることは少なくなった、と先輩の作家や編集者が言っていたのを思い出す。新聞にたまにエッセイが載ると、読者の年代が幅広いせいか、こうして手紙が届くことがある。この差出人も、今年七十八歳の女性とある。手紙を書く、という行為は、書き慣れている人であっても労力を要するもので、それでも書くのは、なにか、強く伝えたいことがある場合が多い。

「わたしも、なぜだかわからないのに、怖いものがあります」

やはり。

「怖いもの、というよりは、場所です」

いったん、椅子に座って、冷めてしまったコーヒーを一口飲む。外は、とてもいい天気だ。春を通り越して、夏みたいな明るい日差しが、遠くのタワーマンションのガラスに反射している。あんな高いところに住んでいて怖くないのかな、といまだに思う。ベランダに出たときに、うっかり飛び降りたくならないのかな。今日みたいによく晴れた、風の気持ちいい日には、特に。

手紙に、視線を戻す。眩《まぶ》しい外を見ていたから、目が慣れるのに少しかかる。

「結婚するまで住んでいた実家は、今の家から車で一時間ほどのところにあります。兄の家族が暮らしているので、今でも法事や墓参りに帰ることが年に数回あります。

その場所は、家と菩提寺《ぼだいじ》のちょうど真ん中あたり、十年以上前に廃校になった小学校の裏手です。幅の狭い三叉路《さんさろ》で、大きな榧《かや》の木が伸びています。昔は角の一つによろず屋がありました。そこを通るたびに、なぜか落ち着かない気持ちになって、逃げ出したくなるのです。誰かが追いかけてくるようで、恐ろしくて仕方がないのです」

紺色の文字のインクが少し滲《にじ》んでいる。心なしか、線がかすかに震えているようにも見える。

「実際に怖い目に遭ったことも、なにかに出あったことも、一度もありません。でも、確かにそこで、なにかがあった気がしてきます。なにかに追いかけられて逃げた、その恐ろしさがあまりにも生々しく感じられるのですが、それが、どうしても、思い出せないんです」

わたしは、便箋《びんせん》二枚のその手紙を、もう一度最初から読み返した。それから封筒に戻そうとしたとき、なにかが引っかかった。封筒の中を覗《のぞ》いてみる。

「あっ」

思わず声を上げ、封筒を取り落としてしまった。

目。目だった。

封筒の中から、こっちを見ていた。そしてまばたきした。

確かに、そう見えた。

動悸《どうき》のする胸元を押さえながら、わたしはしゃがんで、封筒を確かめた。

なにかが入っているようには見えない。

ただの紙の厚さしかない。

おそるおそる手を伸ばして、なにも変わったところのない茶封筒を、拾い上げた。覗くのは怖いので、開いた封のほうを下にして振ってみた。

ひらり、と、なにかが落ちた。わたしはまた驚いて飛び退いた。息をついてよく見ると、床に落ちていたのは、葉っぱだった。

ちょうど人の目くらいの形と大きさの、厚い葉。つい今し方まで木についていたように艶《つや》があって青々としている。拾い上げて、裏、表、と返してみるが、特に変わったところはない。

椅子に座って、もう一度手紙を読み返した。

最後の部分。

「きっと、そのご友人にも、意識の底に押し込めてしまっているだけで、なにか怖い記憶があるのかもしれませんね」

なにか怖い記憶。

忘れているだけで。

「思い出さないほうがいい、なにかが」

友人の話、として、蝶が怖いエピソードを書いた。だけど、あれはわたし自身の話だった。

よくあることだ。

一八　山道

「谷崎さん自身に登山をしていただいて、それを三十枚くらいのエッセイにまとめてほしいんです。山歩きが趣味のライターと、カメラマンが同行します」

電話の声は、年配の男性にもかかわらず朗らかで力強く、自然の中を歩いたり運動したりする人は健康的なのだなあ、と用事がなければ家から出ないわたしは思った。

電話のあとで送られてきたメールには、山の地図と写真も添付されていた。うちから電車で一時間半ほど。登山、というよりは遠足かハイキングくらいの、気軽に歩くことができるコースのようだ。

スケジュール帳を確かめ、日時と待ち合わせ場所を決めた。以前にも旅行エッセイを書いたことはあるが、山登りは初めてだ。

「恋愛小説家」と呼ばれることが気恥ずかしいというか申し訳なくなって、怪談作家になろうと決めてからもう一年以上になる。もともと怪談や怪奇小説を愛読していたわけでもないので、すぐに傑作が書けるはずもなく、今までに書いた三本は雑誌掲載に至っていない。先月から担当になった編集者からは、もっとページをめくって驚くような、夜眠れなくなるような恐怖を書いてほしい、と言われている。

感情が乱高下するようなことは、日常生活でも、小説の書き方でも、得意ではない。つまり、恋愛と同じく怪談も向いていないのだった。

恋愛小説家どころか「小説家」を名乗ることさえあやうくなってきた今、現実的に生活の糧となっているのは、映画のレビューとエッセイの類《たぐ》いだ。三年暮らした東京から郷里の街に戻ってきたが、こちらにいるときに仕事をしていた地元の情報誌の人がまた声をかけてくれるのもありがたいし、東京の出版社からも引き続き依頼はあった。

今回の依頼は、東京のアウトドア雑誌で、山登り特集を組む中で関西の山も入れるから、と以前一度仕事をしたことがあるわたしに連絡をくれたようだ。

数年前には、香港に行って食べ歩き日記を書くという、すばらしい企画が舞い込んだことがあるのだが、そんなに都合のいい仕事はごくまれで、海外取材はその一度きり。それでも、出不精な分、近場でもどこかに出かける仕事は好きなのだが、山登りと聞いたときはひるんだ。

人生の中でできれば避けて通りたいことの双璧がマラソンと登山であるこのわたしに、なぜそんな機会が巡ってきたのかわからないが、仕事でなければ山になんてこの先登らないかもしれないから、と思って引き受けた。

マラソンよりは、山歩きのほうがまだ景色の楽しみがあるし、休憩してもいいだろうし、と出かける前から体力を使わないことばかり考えていた。

二週間後、何か月ぶりかで早起きをした。集合時間は、朝七時半。急行の乗換駅の改札に行くと、明るい緑のウインドブレーカーを羽織った女性が手を振っていた。わたしより年上だったが、やはり健康的で若く見える。

まだ朝のラッシュも始まっていない時間、しかも郊外に向かう急行列車は空いていて、手を振ってくれたライターの原田《はらだ》さんと、すぐあとに到着したカメラマンの相楽《さがら》くんと、四人がけの席に三人でゆったり座れた。

「懐かしー」

車窓を流れていく住宅地の低い屋根を眺めながら、原田さんが言った。

「この駅からこの電車、高校の耐寒登山のときも乗ったんですよ。今回とは違う山だったけど」

「耐寒登山なんてあったんですか」

「そうそう、二月のいちばん寒い時期で、ほんまに寒さに耐えないとだめで。途中雪が降ってきたときなんか、二度と登山なんかせえへんって思った。それやのに今さら、なぜか趣味になってたりして、人生わからんもんやね」

原田さんが山登りを始めたのは、現在は中学生の長男の希望で五年ほど前に中国地方の山に行ったのがきっかけだった、と話した。風景が涙が出るほどきれいでね、なんか感動しちゃって。

二十五歳の相楽くんのほうは、釣りとダイビングが趣味で、山には学校の遠足でしか登ったことがないと言った。わたしも同じ、と思わず返してしまったが、ほどよく日焼けした海好き青年と自分の体力には相当な差があるに違いなかった。

売店もない小さな駅で降りたのは、わたしたちだけだった。

「駅も、すごい似てるなあ」

原田さんは、高校の耐寒登山のことを、また思い出したようで、しきりに周囲を見回していた。

「けっこう本格的で、グループごとに制限時間も決められてて、運動部のチームは毎年競争で」

自分が通っていた高校にはそんな行事はなくてよかったと思いながら、原田さんの説明を聞いた。相楽くんの学校は、マラソンがあったそうだから、どちらもなかったわたしはいい高校を選んだ。

住宅の間を抜け、神社の鳥居を通り過ぎると、すぐに登山道の入口だった。そこまで来ると、三組ほど他の登山者の姿があった。夫が定年後といった雰囲気の夫婦、彼らと同年代の女性グループ。皆、カラフルなリュックを背負っている。

杉の木の間に、新緑が伸びていてきれいだった。風もさわやかで、なかなかの登山日和だった。思ったよりも日差しがあり、わたしたちは上着を脱いでから、舗装された坂道を登り始めた。

背の高い杉が並ぶ斜面があるだけで、山頂は見えない。人家は見当たらないが、カーブの脇に廃屋なのか使用中なのかわからない小屋がある。他の登山者たちは、慣れた足取りでどんどん先へ行った。

わたしたちは、相楽くんが写真を撮るのを待ちながら、ゆっくりしたペースで歩いた。合間に、原田さんから高校時代の耐寒登山の話を聞いた。

「もともと体動かすのは苦手なほうやったから、中止になれへんかなあって祈ってたのよ。前日に雪が降って、山間部は積もってるってニュースで言うてたから、これで中止になる、と期待してたんですけど、朝、決行の電話が回って来て」

二十年前、高校一年だった原田さんは、小さな駅で降りると待機していた先生たちからスタート時刻のチェックを受けて、登山をスタートした。彼女のグループは女子ばかり六人だった。

同じ電車に乗ってきた二年生も、同学年の生徒も大勢いて、ぞろぞろ歩きだしたのは普段の通学路の風景と変わりなかった。ただ、冬に独特の重苦しい時雨《しぐれ》雲が出ていて、薄暗い空から今にも雪がまた降ってきそうだった。

最初はそれほどでもなかった道が、急な登りになり、舗装がなくなり、幅が狭い階段状の坂になっていくうちに、同級生たちは口数も少なくなり、息が切れた。道の脇には雪が残っていて滑りそうだったし、皆、大阪の下町育ちで、ちょっとした坂道でさえ歩き慣れていなかった。

一時間半ほど登って、峠に出た。山頂ではなく、お地蔵さんが並ぶ祠《ほこら》があって、ちょっとした展望広場になっている場所が、中間のチェックポイントだった。

祠の脇で、原田さんたちはお弁当を食べた。地面は雪がまだらに積もっているし、ベンチも冷たすぎて座れず、立ったままかき込んだ。おにぎりの端なんて凍ってるんじゃないかというほど、冷え切っていた。

谷には霧だか靄《もや》だかが立ちこめて、景色は楽しめなかった。それもあって、達成感もなかったし、この先登るのか下るのか、あとどれくらい行程が残っているのか、よくわからなかった。

生徒たちがいる広場だけが、雲の中に浮かんでいるような、他の場所から取り残されてしまったような、そんなふうに感じていた。ぼんやりと白い空気の中で、お地蔵さんの真っ赤な前掛けだけが妙に鮮やかで、原田さんの記憶に残っている。広場の真ん中で名簿を確認したりトランシーバーでなにごとか連絡したりしている先生たちも、体を揺すり、手をこすり合わせていた。じっと待っているのが、いちばん冷えたに違いない。

お弁当を食べ終わった生徒たちが、ぞろぞろと下り始めた。ペース上げないと遅れるぞ、と先生たちが残っていたグループに言って回り、原田さんたちのグループも、リュックサックを背負いなおした。学校で渡されたルート図を広げ、この先は下りのほうが多いはずやからね、あと半分やからね、とお互いに納得させるように言い合った。

中間地点を出発したとき、周りには原田さんたちと同じように見るからに運動神経も体力もなさそうな体形の女子グループが三、四組だけになっていた。雪がちらついていたが、広場の先の道は、思いの外なだらかな下り坂で、原田さんはほっとした。食べて体力が回復したのか、同級生たちも普段の調子で適当な話や冗談を言い合えるようになっていた。

そのまま麓《ふもと》に下りられるかと思ったら、再び道が急な登りになった。両側が急な斜面になり、あまり手入れされずに枝が茂った杉林が迫って、暗く感じた。

グループの六人の中でいちばん小柄な女子と原田さんの二人が、さらに遅れだした。

雪が止むと、霧が濃くなってきた。雪が降るような天気なのに霧が出るのも変な気がしたが、雲の中に入っているのかな、と思っていた。道の先に現れたり隠れたりしていた他の女子たちの紺色のジャージも、とうとうまったく見えなくなった。

つづら折りの下り坂がしばらく続いた。天候のせいか両側の雑木林はいっそう暗くなってきた。木々の隙間から光はほとんど見えず、立ち枯れた木の根元に汚れた雪が残り、根と蔓《つる》が這《は》っていた。一帯に、湿った空気が滞留していた。じわじわ冷えてきた手足が痛んだが、言うと余計につらくなるような気がして、口には出さなかった。

「もしかして、わたしらだけちゃう?」

「ほんまやね」

「迷子になってたらどうしよう」

「でも、道が分かれてるようなとこなかったし」

「そうやんな。先生たちも来るはずやしね」

すべてのグループが中間地点を通過したら、先生たちが最後尾を確認しながら歩くことになっていた。

道幅は広くなってきたが、坂を下りているうちに、霧がますます濃くなった。一、二メートル先もよく見えないほど、白い。そんな濃霧に遭ったのは、原田さんは初めてだった。杉木立も手前の根元しか見えない。なるべく、道の真ん中を、二人でくっついて歩いた。うしろに、人の気配がした。足音と、咳《せ》き込む声。

「先生かな」

「やっぱり、うちらがいちばんうしろやってんや」

坂の後方を見上げると、濃い霧の中に人影がいくつかあった。

話し声が聞こえてきた。なにをしゃべっているかまでは聞き取れないが、先生ではなく、女の子たちの声だった。いつも教室で聞き慣れた、笑い声。

「ああ、わたしらより遅い子、まだいてたんや」

「ほんまやな」

原田さんともう一人は、少し気分が軽くなって、歩みを速めた。同じグループの子たちには追いつかなかったが、もう一人の子から先月まで隣のクラスの男子とつきあっていたなどと打ち明け話を聞いたりしているうちに、なだらかな舗装された道に変わった。

何度かうしろを振り返ったが、人影との距離は縮まりもしなかったし、遠ざかりもしなかった。

話し声に、ときどき小さく鈴の音が混ざった。学校で登山のグループ決めをしていたときに、熊除《よ》けの鈴をつけなあかんのんちゃう？と冗談で言っていたのを本気にした子がいるのかも、と原田さんは思った。しゃらんしゃらん、と軽やかな、澄んだ音で、それが聞こえるたびに、心地よく、ふと眠ってしまいそうにさえなった。

「寒いー」

「カイロ持ってきたらよかったな」

ほぼ内容のない会話を繰り返しているあいだ、うしろのグループの子たちも、しゃべっていた。笑い声もよく混ざった。その賑《にぎ》やかな声は、山の斜面に反響して、原田さんのすぐ耳元で聞こえるときもあった。でもずっと、なにを言っているかはわからなかった。

何度かは、うしろを歩いている子たちが原田さんのすぐ横を通ったり肩を撫《な》でていったりするような感じがしたが、見回してみても、人影はうしろの霧の中にいるのだった。

もう一人の子の幼稚園からの片思い遍歴をすっかり聞いてしまって、道の傾斜もほとんどなくなったころ、霧が晴れてきた。視界がよくなって振り返ると、いつのまにか、うしろにいた子たちは、姿が見えなくなっていた。

石造りの古い鳥居の前を抜けると、からっぽの田んぼに挟まれた道になった。その先に見える、朝出発したのとは違う駅が、ゴールだった。

あぜ道を歩いていた原田さんたちのほうへ、体育の女性教師が走ってきた。

「なにしてるんや、あんたら」

教師の声には、苛立《いらだ》ちと安堵《あんど》とが入り交じっていた。

「なかなかけえへんから、心配したんやで。先生らが捜しに行ったのに、会えへんかったか？　全員、もうとっくにゴールしてるのに」

原田さんともう一人は、顔を見合わせた。

「え、まだうしろに誰かいてましたよ」

「そんなわけない。他はみんなチェック済みや」

振り返ると、鳥居の前から教師が二人、大きく手を振りながら下りてくるところだった。

駅舎の時計を見ると、制限時間を一時間近くも過ぎていた。駅のホームに、同じグループの四人が待っていた。そのうちの二人は涙ぐんでさえいた。

「ごめんなー、わたしら先行ってもうて」

「よかったわあ、遭難してなくて」

「絶対迷ったんやと思った」

「ほんまにごめん」

「そんな……。霧で真っ白やったとこ、ゆっくり歩いてたから……」

戸惑いながら原田さんが言うと、同級生たちは怪訝《けげん》そうな顔をした。

「真っ白？ そんなひどかった？」

「雪は降ってたけど」

やってきた電車に、原田さんたちは乗った。合わせて十五人ほどの生徒と先生以外乗客はおらず、がらんとした車内に冬の日差しでできた影が揺れていたのを、原田さんはよく覚えている。

次の年も、登山の前の日に雪が降った。今度は、中止になった。しかしそれは、登山道近くで埋められていた死体が見つかって、通行止めになったからだった。

小さな駅から、生徒たちは引き返した。


「じゃあ、もしかして、その埋められてた人っていうのが、うしろにいてた……」

わたしは、なんとなく声をひそめて尋ねた。誰かに聞こえてはよくない気がした。

薄暗い山の中にいる誰かか、道を歩いてくる誰かか、わからないけど。

原田さんは、朗らかな調子を崩していなかった。霧の中の人影の話をしているときも、ずっとそうだった。

「でも、その死体は中年の男の人やったんですよね。土地取引の詐欺かなんかで、やくざがらみの。だいたい、殺されたのはわたしらが山に登ったよりも後のことで」

山道の上に見える空はひたすらに青く、綿のような雲がゆっくりと流れていった。見上げると、雲の動きにつられてうしろに倒れてしまいそうだった。

「わたしがあのとき、白い靄の中でいっしょに歩いてたのは」

原田さんの声は、澄んだ空気の中で、とてもはっきりしていた。

「同じ年頃の、女の子たち。それだけははっきりわかってる。五人やったっていうことも。姿は見えないし、話してる言葉が聞き取れたわけでもないんですけど、絶対、そうなんです」

「えぇー」

相楽くんが、妙な声を上げた。どの部分に驚いているのか、もしくは異議を唱えているのか、よくわからなかった。原田さんにカメラを向けてシャッターを切ったのも、なぜだかわからなかった。

「あの子ら、わたしたちと、しゃべりたそうやった」

原田さんの耳には今もそのおしゃべりが聞こえているんじゃないかと、わたしは思った。

「今日は、いい天気ですね」

声に出して言ってみた。日差しが強いせいで、背の高い杉ばかりの森はいっそう暗く、根元のほうはほとんど真っ黒く見えた。その暗闇の奥のどこかから水の流れる音が聞こえる気がしたが、耳を澄ますとわからなくなった。ときどき、鳥の鳴き声が降ってきたが、姿は見えなかった。

相楽くんは、重そうな一眼レフのレンズを癖のように触っていた。

「そんなん、怖ないんですか？　ぼくやったら、そんなことあったら山なんか絶対もう登りたくないですけど」

静かな道には、前にもうしろにもわたしたち以外の人の姿はない。ぐう、ぐう、とかすかに聞こえるのは、動物か虫かなにかかもしれないし、風が木々の間を通り抜ける音かもしれない。

「どっちかというと、そんなことがあったらええなと思ってるんかもしれない。わたしが、あの子たちに交ざりたかった。話してみたかったんや、って思う。学校の友だちとしゃべるような、どうでもええこと」

原田さんの話は、ほとんど独り言のように聞こえた。

坂を登る足を少し速めて、わたしは言った。

「なんとなく、わかります。わたし、一人で仕事してるから、学校とか見ると羨《うらや》ましくなることあるんですよね。ときどき夢にまで見ます。修学旅行行ったり、学校にみんなで泊まったりしてる夢」

そんなに急ではなくてもずっと坂が続くのは、運動不足の足にこたえる。ふくらはぎがすでに軽く痛い。相楽くんは、軽やかに歩いている。だけど少しだけ、表情は不安そうだった。

「それって、この山と、違う山なんですよね？」

がさがさっ、と頭上から音が聞こえた。見上げると、なにかの影が、木の梢《こずえ》から飛び立った。相楽くんが、そちらへカメラを向けた。

「わたし、あの子らの顔も、きっとわかる。一人一人、会ったら絶対に、わかる」

原田さんは、杉の木立のずっと奥、どこまでも暗い斜面を、見つめていた。

一九　影踏み

かわうそ堀のうなぎ公園には、テニスコートがある。

映画の試写に行った帰りだった。日が暮れるのがだいぶ遅くなって、まだ明るかったから、散歩がてらテニスコート沿いに歩いて帰ろうと思った。

今公園になっている場所は、戦後の一時期、米軍の飛行場になっていた。滑走路のなごりで、敷地は東西に細長い。その長い形状から、町家によく使われる言葉「鰻《うなぎ》の寝床」がうなぎ公園の名前の由来だと勘違いしている人がよくいるが、もともとの漢字は「羽凪」。江戸時代までは河口だったこのあたりらしい地名だ。「かわうそ堀」も今では近ごろ水族館で人気のコツメカワウソやユーラシアカワウソの類《たぐ》いと思い込んでいる人が多いうえに、そもそも、鳥の鷽《うそ》のほうだとか、堀に嘘つきがいただとか、諸説あるように、いわれや歴史なんていうものは、あやふやで、あとの世の人の都合で変わったりするものだ。

今はマンションやオフィスビルに囲まれたこんな場所から飛行機が飛び立っていたなんて、ちょっと信じられない。その「うなぎ公園」の西側の半分が、テニスコートと観客席のある競技場になっている。何面もあるテニスコートには、ナイター設備もあって、テニススクールもやっているから、いつ通っても利用者が大勢いる。

金網のフェンス越しに、ラケットを振る人たちが見える。一人ずつ順に前に出てきて、コーチが投げたボールを打つ。

日がずいぶんと長くなったから仕事が終わってもまだどこかへ出かけようという気になるこの季節が、会社勤めをしていたころも好きだった。西にもうすぐ沈む太陽は、公園の木々やテニスコートにいる人たちの下に、長い影を作っていた。もとの人よりもずっと長い影が緑色のコートに伸びている。

突然、遊歩道の真ん中で、黄色いボールが跳ねた。驚いて立ち止まった。ボールは、すぐそばのツツジの植え込みに入ったようだ。

テニスコートのほうを見る。フェンスは高く、ボールが飛び越えてくるようには思えない。コートにいる人たちにも、こっちを気にしている人は誰もいない。

ボールが跳ねたあたりに視線を戻すと、影が通った。テニスコートの長く伸びた影とは違って、人間の大きさと形をそのまま映した影が、テニスコートからツツジの植え込みのほうへと、遊歩道の表面を移動した。

「待って」

声がして、フェンスの前から急に人が現れた。グレーのスーツを着た若い男だ。影が通ったあとを走り、ツツジの植え込みの先、芝生に入っていった。

「捕まえたっ」

男の声。わたしは、ツツジのところから覗《のぞ》いた。その人は、右足で影を踏んづけていた。影は、動けないで地面にくっついている。

「逃げるなよ」

低い声なのに、なぜかはっきりと聞こえた。

その人が振り返った。こちらを睨《にら》んでいるように見えたので、わたしは慌てて目を逸《そ》らした。

わたしは思わず、自分の影を確かめた。遊歩道の真ん中に、長く伸びている。一歩踏み出すと、影も動いた。

テニスをする人たちを眺めるようなふりをして、通り過ぎ、うなぎ公園を出た。影を踏んだ人と踏まれた影がどうなったかは、知らない。

二〇　地図

宮竹茶舗の四代目に蔵を見せてもらったのは、水曜日の午後だった。商店街は休みの店が多く、スピーカーから流れる音楽が妙に大きく響いていた。

蔵は、宮竹茶舗の横の路地を入り、裏手に回ったところにあった。昔は大きな家の敷地の中にあったそうだが、今は駐車場の隅にぽつんと蔵だけが残っている。

四代目は、分厚い扉を難なく開けた。体格がいいだけでなく、腕力もそれなりにあるようだ。縦にも横にも大きい体で、箱におおい被《かぶ》さるようにして持ち上げる姿は、やはりどうしても熊を連想してしまう。

蔵というものに入ること自体、わたしは初めてだった。扉も壁も厚さは三十センチを超えていて、外から見るよりもその頑丈な造りに感心した。暗い蔵の中は、古い紙と樟脳《しょうのう》のにおいがこもっていた。

四代目が梯子《はしご》を上がり、二階部分の窓も開けて、やっと風が通った。

一階部分の棚や床には、桐やブリキ、段ボールの、年代も大きさもさまざまな箱が、ぎっしり置いてあった。とりあえずいくつかの箱を重ねて床にスペースをつくり、四代目は奥の棚を探り始めた。

「どこやったかいな……」

下がり気味の眉《まゆ》も無精髭《ぶしょうひげ》もぼさぼさに伸びていて、これでお茶屋さんの店先に立つのはどうかと思う。

「こっちか。ちゃうわ、この辺やったんやけどなあ、ばさーっと積んである中にがちゃがちゃーっとつっこんであって」

大阪の人らしく、擬態語擬音語をふんだんにつぶやきながら、四代目は行李《こうり》や桐箱、段ボール箱を探っている。飴色《あめいろ》に変色した竹製の行李がいくつもあるのを見ると、宮竹茶舗が長く続いている店なのが実感できる。桐箱には、崩し字でなにか書いてあるが、数字ぐらいしか判読できない。

四代目が次々と箱を動かすたび、舞い上がった埃《ほこり》が入口から差し込む光にきらきらと光る。くしゃみが出てしかたないので、わたしはずっと手ぬぐいで顔の下半分を押さえている。

宮竹茶舗に古い地図や怪談のネタがあることを教えてくれたたまみとわたしは、この人のことを「四代目」と勝手に呼んでいるが、フルネームは宮竹毅《つよし》。年は四十二歳。

結婚して四年ほど横浜に住んでいたが、独り身になって戻ってきて、創業百年近いこの宮竹茶舗の跡を継いだ。古くからの家だけあってこのあたりの駐車場やアパートを所有していて、お店自体は暇そうだ。おかげで、わたしの相手もしてくれる。

四代目を手伝いたいが、勝手に箱の中身をかき回すわけにもいかず、後方で行李や桐箱を寄せてみたり、蓋《ふた》をしたり、所在なくしていた。

「あれ……、ちゃうか……」

目的の箱はなかなか見つからないようだ。蔵も箱も、分類や整理はされておらず、次々に開けられる中を覗《のぞ》いても、陶器、本、着物などがごっちゃに入っている。

「あの、見つからないようでしたら、かまわないです。すみません、お手を煩わせてしまって」

「江戸時代の怪談でも書くんですか？　それか、時代劇？」

古地図を趣味的に見たいのは確かだが、正直なところ怪談を聞き出す口実でしたとは今さら言えず、適当にごまかす。

「そうですね、まだちょっと、構想中で」

「小説かあ。すごいですね。おれなんか、作文書くのが嫌いでしゃあなあて」

四代目は、ぷっくりした手で無精髭を掻《か》いた。

「あー、なんとなく、わかります」

「しゃべったほうが早いやん、と思ってめんどくさなるんですわ」

「……その地図、宮竹さんは実際に見たことはあるんですか？」

「おう、あるある。かなり正確な地図でね、川の水色なんかもきれいに残って、そうやね、きれいな地図やわ」

　きれいな地図、という形容は今までに聞いたことがなかった。事前に聞いた限りでは、幕末頃の地図らしい。今までに見たことがある古地図を思い浮かべる。たいていは、複製して印刷されたものだ。この蔵の中はあまり手入れされていないようだが、紙魚《しみ》が食ったりしていないのだろうか。

　よけた箱を眺めながらあれこれ考えていると、四代目が言った。

「その地図の真ん中あたりに、手形が浮かび上がるって言われてて」

「手形」

「おれは見たことないんやけど、うちの父親は見たらしくて。煤《すす》で汚れた手をついたような、黒っぽい手形らしいわ」

　先代は怪奇現象に興味があって、怪談会まで催していたらしい。

「その、手形の大きさとか、特徴とかは？」

「それが、相撲取りの手形みたいな、ばかでかい、張り手でもされたら飛んでいきそうなぐらいの立派な手やて」

四代目は、右の手を開いてわたしに向けた。その手も大きいが、張り手で飛んでいきそうなほどではない。

「誰か、思い当たる人、いてはったんですか？」

「だいたい無駄に体のでかい家系ではあるけどね。親父もわからんって言うてたわ」

宮竹茶舗ではほかにも、子供の声が聞こえたり鏡に血まみれの人の姿が映ったりと、怪奇現象が起こってきたようだが、四代目は怪異に近づくと必ず急激な眠気に襲われるため、直接見たり聞いたりした経験はない。そのせいか、具体的に想像するとかなり不気味な現象も、今朝の朝ご飯について報告する程度に聞こえる。

「こっちかな」

四代目がまた別の行李を棚から下ろし、わたしはその後ろで桐箱の蓋を閉める。包み紙から髪の毛がはみ出しているのが見え、一瞬血の気が引いたが、お雛《ひな》さまだった。そんなに古くはなさそうだった。

「ここは、お店のほうみたいに動かしたらだめだとか、触ったらだめだとか、ないんですか」

「一応ね」

二週間前に初めて訪ねた宮竹茶舗は、戦前の建物だというたいへん年季の入った町家造りだが、店舗はできるだけ手を加えないようにと言われているので、最低限の修理しかしていないという。

店の奥、立派な階段簞笥《だんす》の最上段に錆《さ》びた茶筒が置いてあり、その茶筒は絶対に触ったり中を見たりしてはならない、と代々伝えられている。そして、四代目のお父さんがどうやらその中を覗いてしまったことがある、とも聞いた。

「見つからんね」

四代目は、大きく息を吐いた。

「ほんとに、すみません。片付けるの、手伝いますから」

「上も見るか……」

四代目は、梯子の先の二階を見上げた。蔵に入って最初に、四代目がそこにある窓を開けに行ったが、わたしは上がっていない。天井の四角い穴からは、薄暗い中に何があるのかよく見えない。

「なにしてますのや！」

真後ろで、声が響いた。

唐突だったので、わたしはひと目見てわかるほど縮み上がってしまい、ついでに、わっ、と声を出してしまった。

扉のところには、年老いた女が立っていた。かなり小柄だが、姿勢はしゃんとしていた。八十歳を超えているように見えるが、上下紺色のジャージを着ており、ウォーキングかなにかの途中、という感じだった。

「あら、つよちゃん」

「中野《なかの》さん」

四代目に中野さんと呼ばれたおばあさんは、表情を緩めた。そしてごく自然な動作で、運動靴を脱いで蔵の中に入ってきた。

「長いことうちで働いてもろてた、中野さん。すぐそこに住んではるねん」

「上の窓が開いてるから、めずらしいと思て」

中野さんは、散らかった蔵の中を見回し、そこに突っ立っているわたしのところで視線を留めた。

「この人、新しい彼女か」

「いえ、わたしは」

「ちゃいます、ちゃいます。谷崎友希《ゆうき》さん、小説書いてはる人で、昔の地図を資料に探してるんやて。西岡不動産の娘さんの友だち」

「西岡不動産？　ああ、あのかしましい子。なんや、やっと再婚してくれるかと思ったのに。つよちゃんのことは、うちがいちばん気にしてんのやで」

中野さんは、わたしの頭からつま先まで、点検するように視線を二往復させた。

「女流作家さんですか。へえー、そんなふうには見えませんでしたわ」

古めかしい呼び方をされてほめられてはいないと思うが、なんと返したらいいかわからないのでとりあえず、

「お邪魔しています」

と愛想笑いした。

四代目は、中野さんの対処に慣れているようで、自分の用件だけを伝えた。

「地図、どこに入ってるか知りませんよねえ。昔の、この辺の地図あったでしょ」

中野さんは迷いなく進むと、棚に残っていた箱の一つに頭をつっこむような姿勢になった。すぐに、文箱《ふばこ》を取り出し、それを開けると折りたたまれた紙が入っていた。

「おお」

四代目は、素直に驚きを表し、普段は腫《は》れぼったい目が丸くなった。わたしも、感心した。地図を四代目に手渡しながら、

「手形の出る地図や」

と、中野さんは言った。

「中野さんも見たことあるんでしたっけ」

「いっぺんだけな」

中野さんは、神妙な顔で頷《うなず》いた。

四代目が、手渡された地図を広げた。中野さんが横から覗き込んで、指で撫《な》でなが

ら地名を確かめた。

和紙に色版画で刷られたその地図は、褪色《たいしょく》はしているが、不思議と虫食い跡は一か所もなかった。右上に慶應《けいおう》弐年、と書いてある。どれくらい古いのか、すぐには浮かばない。

「もう、四十年も前のことや。この辺に、こう」

中野さんの手が重ねられたあたりを確かめる。現在の道路が堀になっているし、区画や地名も違う。文字が小さい上に、あちこち向いているので読みにくい。その中から特徴のある地形や、橋の場所でだいたいの見当をつけた。

「ほんで、ここだけ、赤い点が浮き出てきたんよ。ちょうど手形の真ん中に、血が流れるみたいに」

深い皺《しわ》の刻まれた中野さんの指が、地図の中程左寄りのところに置かれた。宮竹茶舗があるかもめ州から南へまっすぐ行ったところ。

そこには、よく知っている地名があった。

猪子島《いのこじま》。わたしとたまみが通っていた中学校がある場所。

今は埋め立てられて周辺と地続きだが、この時代は川と堀に囲まれた「島」になっている。猪子島中学校は、この時代にはまだ存在しない。代わりに武家屋敷がある。

地図から顔を上げると、四代目がぼんやりした顔つきになっている。まぶたが半分下がってきて、目の焦点が合っていない。

「宮竹さん」

わたしは、思わず名前を呼んだ。

「はい？」

と、返事をしたものの、相当眠そうだ。

やはり手に持っている地図のせいに違いない。

「つよちゃん、その癖、まだ直ってへんのか」

中野さんは、四代目が怪異に近づくと眠くなるのをもちろん知っているようだ。

「はあ、そうみたいですねえ」

ふああ、と大あくびをした四代目の腕を、中野さんは叩《たた》いた。

「つよちゃんは、もうちょっとしっかりせなあきませんなあ。おかみさんも心配してはるで」

「すんませ……」

落としそうになった地図を、中野さんが取り上げた。四代目は、なんとか意識を保とうと目をしばたたかせ、頭のうしろを掻いた。

かわいい、と思ってしまった。

愛嬌《あいきょう》があるというか、それこそ動物園で熊を眺めているような気分になったのかもしれない。ただ、この人といっしょにいる時間がもう少し長くてもいい、と思ったのは確かだ。

立ったままうとうとし始めた四代目には構わず、中野さんはわたしに向かって話した。

「手形が出てきたときな、先代さんがいっしょにおったんや。つよちゃんのお父さん。ちょうどおんなじように、ここで品物の整理してるときでな。あと二人ほど、店の子もおって」

中野さんは、地図を持っていないほうの手で、梯子の前と扉の前を指さし、人物の位置関係を示した。

「見つけたんは、店の子の一人やった。まだ若い、田舎から出てきたばっかりの女の子で。悲鳴上げて、そこにへたり込んでしもて」

中野さんは腰をかがめたので、いっそう小さくなった。そして、声もひそめた。

「顔があった、て言うんや。がたがた震えながら。折ってある地図の隙間から、誰かが見てた、て。先代さんが近づいてきて、地図を取り上げて。折り目をちょっと開いたまま、じぃっと見てはったけど、広げて、なんもないやろ、言うて安心させようと思たつもりが、そこに黒い手形の染みが浮かんできた、いうわけや」

先代の行動をなぞるように、中野さんはわたしに向かって地図を広げて見せた。黒い手形は、浮かび上がってこない。地図には、なんの変化もなかった。

ことん、と音が聞こえたと思って、わたしは視線を上げた。

梯子の上、二階の入口でなにかが動いた。黒っぽい、丸いもの。そう思ったが、すぐに消えた。

「へたり込んでた子は泣き出すし、もう一人は顔色が真っ白になって震えてるし、うちも怖いことは怖かった。そのあとは、特別なんかあったわけやないけどな。先代さんが、怪談の会で自慢話みたいに話してたくらいで」

中野さんは、地図を折りたたんで、文箱に戻した。蓋を閉めると、四代目が目を開けた。

「どうします？　持って帰る？」

「いえ、そうですね、えーっと……」

目の前に差し出された漆塗りの文箱を、手に取るかどうか、迷った。これを自分の部屋に置いてもいいものだろうか。

「怖いんでっしゃろ？」

中野さんは、わたしを見ていた。濁って青みがかった瞳《ひとみ》の奥に、笑っているような気配を感じた。せっかくのネタを怖いから持って帰らないなど、怪談作家になんてなれるわけがない、と言われている気がした。

四代目は、まだ眠そうで、傍らのブリキの衣装ケースに腰掛け、あくびを繰り返していた。

「ほんで、持って帰ってきたんや?」

たまみは、うなぎ公園のベンチに並んで座るわたしに、軽く笑いながら言った。

「挑発に乗ってもうた、と」

「うん。うちの本棚に置いてある。お祓《はら》いとかしたほうがいいかな?」

「どうやろねえ」

ベンチの前は、テニスコートだ。平日の昼間なのに、十面以上あるコートは全部埋まっている。わたしたちに近い二面では、テニススクールをやっている。年配の人が多い。みんな元気だ。

たまみは、片手で携帯電話をなにをするでもなく触りながらしゃべっていた。

「四代目さんな、離婚したんかと思ってたけど、奥さん、亡くならはったんやって」

「そう」

「病気やったらしいわ。四代目は、その奥さんのことがえらい好きやったみたいで、横浜におると思い出してつらいから戻ってきたんやて。ええなあ、そんなに思われてみたいわ」

なんとなく、そんな気もしていた。四代目はいつも、心がどこか別のところを漂っている感じがあった。眠そうなだけではなくて。

「借りてる地図、その中野さんていう人が色が変わったのを見たっていうの、うちらの中学のところらへんやった。猪子島の」

たまみが、テニスボールを追っていた視線を、わたしに向けた。

「あのへん、なにかあったっけ。うちの中学には学校の怪談みたいなん、なかったよね」

「猪子島公園の隣に、マンションあったん覚えてる？」

たまみの顔に、笑みは残っていなかった。

「四階建てで、青のタイルの」

青のタイル。深い青色の、タイル。ぱっと、脳裏にその壁が浮かんだ。しかし、四階建ての全体は、記憶になかった。公園の隣にあったのは、倉庫と、同級生の家と、それから……。

「まだ思い出されへんの？」

中学校にも、公園にも、何年も行っていない。もしかしたら、中学を卒業してから一度も行っていないかもしれない。小さな公園だった。ブランコと滑り台くらいしかなかった。毎日のように行っていた時期もある。日が暮れても、たまみとそこにいたこともある。

「わたし、友希が思い出すの、待ってるんやけど」

たまみの目は、猫みたい、とときどき思う。中学の時にも、ときどき思っていた。猫みたい。それか、鰐《わに》。

「行ってみる？　猪子島公園」

テニスボールが、フェンスに当たって跳ねた。それから地面に当たり、きれいな弧を描いて跳ね返っていった。ぽん、ぽーん、といい音がした。

たまみには言わなかったが、中野さんの話にはもう少し続きがあった。

眠くて動けない四代目を蔵の中に残して、外に出たとき、中野さんはわたしに言った。これは、先代にも、誰にも言うてないんやけどな、と。

四十年前、蔵で地図を広げている先代の背後、二階に上がる梯子のいちばん上から、黒い顔が覗いていたのを見た。二階から逆さ向きに、にゅっと人の頭が出てきた。煤に汚れたみたいな真っ黒い顔の真ん中で、白い目が二つ、ぎょろりとこちらを向いた。頭は坊主で、鼻がなかった。ぱかっと口が開いた。赤い舌が伸びた。笑っているように見えた。あっ、と中野さんが声を上げると、黒い顔は引っ込んだ。

今思い出しても、不気味な顔だった。それ以来、あの蔵に入ったのは、今日が初めてだった。

「さっき、梯子の上から、あの顔が、また覗いてたんや。あんたのほうを、見てたわ」

中野さんは、わたしの肩にそっと触れて、それから歩いていった。

二一　観光

仕事の合間、というか、原稿に詰まるとついインターネットを見てしまう。進んでいるときも、あやふやな知識や正確にわからないことを検索したついでに、そのままあれこれ見てしまうことがある。ネットサーフィンなどという快適なものではなく、大海で流されるゴムボート。気づいたときには岸辺が見えなくなって、戻るのに一苦労し、後悔する。

今日も、最初はレビューを書く映画の監督や出演者の過去作品を検索していたはずが、どこをどうたどったのか、中国の内陸部にある街を観光するにはどうしたらいいかを調べていた。

以前、テレビの紀行番組で見たことがある街だった。歴史が古く、黒い城門がある。

街の中心を川が流れていて、朝夕は深い霧が立ちこめる。路地にはひよこが走り、刺《し》繡《しゅう》が入った少数民族の衣服を着た老婆が座っていた。民話や伝奇小説にでも出てきそうなその街を、いつか歩いてみたいと思っていた。

飛行機と列車を乗り継いでさらにバスで二時間半。ツアーだとほんの少ししか滞在できないし、などと、実現する予定もないのに旅行会社のサイトなどを見ているうちに、その街に行ったことのある人のブログを見つけた。

日付を見ると、その人が訪れたのは三年ほど前のようだ。写真がたくさんアップされている。テレビ番組で見た記憶の通り、街の中心を流れる川があり、古い石造りの橋にはひしめくように商店が並び、路地には老人が座っている。斜面に並ぶ昔ながらの造りの家々は特にすばらしい風景だった。

ただし、観光地として人が押し寄せているようで、イメージしていたような静かで幻想的な雰囲気はないのが、画像からよくわかった。

スクロールしていくと、商店が並ぶ通りでブログ主が揚げパンを買ったところの画像が載っていた。通りは赤い提灯《ちょうちん》が商店の軒にぶら下がってお祭りみたいな光景だった。土産物屋もあるし、麵《めん》や餃子《ギョーザ》の屋台がいくつも出ている。おいしそう。やっぱり行ってみたい。

そう思いながら見ていて、画像の最後の一枚に、ふと目がとまった。

蒸しパンの屋台。並んでいる人々。その行列のいちばんうしろの女。黄緑にグレーのラインが入ったリュックサックを背負っている。そのリュックに、見覚えがある。わたしが持っているのと、同じデザイン。

少し画面を拡大してみる。

横顔は前髪で目が隠れている。ちょうど、わたしと似たような背恰好《せかっこう》。黒いパーカに、カーキのパンツ、グレーのスニーカー。どこにでもある、といえばそうで、そして、わたしも持っている。ほぼ同じような、パーカ、パンツ、スニーカー。

よく見えないので、いったん画像を保存して、拡大してみた。猫背具合が、わたしにそっくりだ。去年、友人の結婚パーティーに参加したときの動画でうしろ姿が映り込んでいるのを見つけて、こんなに姿勢が悪いのかと反省した、あの角度。

さらに、拡大しようとマウスをクリックする。

液晶画面に画像が、表示される。

顔が、こっちを向いていた。

さっきまで、目が前髪に隠れた横顔だったはずが、まっすぐ正面を向いていた。

その顔は、まぎれもなく、わたしだった。わたしが、遠くの行ったこともない街から、わたしを見ていた。

知らない街のわたしは、わたしを見て、ずいぶん驚いていた。

二二　喫茶店

白いブラウスに黒いジャンパースカートのウェイトレスが、トマトジュースを運んできた。

「お待たせしました」

若い女の店員は、創業して七十年近くになるこの店ではめずらしい。入ったばかりなのか、トレイの上で縦長のグラスが揺れてこぼれそうになった。

「ご注文は以上でしょうか」

わたしはほほえんで頷《うなず》いて見せたが、返ってくる愛想笑いもぎこちなかった。

グラスの縁に挟まれたレモンを、赤いジュースに落とす。塩気の強いトマトジュースも、この喫茶店も、ずいぶんと久しぶりだ。

天井には、花を模した大きな照明器具が光っている。巨大なガーベラに頭から食べられる妄想が浮かぶ。

木目調の壁は波打つ不思議な形状で、そのところどころにサイケデリックな色の丸い照明が埋め込まれている。人間の目にも、時計にも見えてくる。

あちこちの席から、スマートフォンで写真を撮る音が聞こえてくる。ガイドブックやレトロな建築物を紹介するサイトにも掲載されて、若い客がずいぶん増えたようだ。

赤い液体がたっぷり入ったグラスを脇によけ、校正ゲラの束を取り出す。ずっと没続きだった怪談小説が、今度ようやく掲載になるのだった。「恋愛小説家」という肩書きが気恥ずかしくも申し訳なくもあって、それを変えようと怪談を書き始めて二年。それに合わせて東京から生まれ育った街に戻ってきた。久々に訪れる店では、外国人や若い観光客の増え具合に驚かされる。

A3サイズの紙に、赤いペンで直しを入れていく。パソコンの画面で何度も読み直したはずなのに、紙に出力したものだと誤字やうまくいっていない言い回しが目に飛び込んでくるように目立つのは、なぜなんだろう。

書き物を仕事にしている人には、外で書くタイプの人がいる。自分の直接知っている範囲では、三分の一くらいの人がファミレスやカフェを移動しながら仕事をする。適度な雑音があるほうが集中できると彼らは言う。わたしは、校正のチェックならなんとかできるが、小説そのものは自分の部屋の自分の机でないと書けない。喫茶店では、つい周りの人の会話を聞いてしまうからだ。

今も、ちょうどうしろのテーブルから、聞こえてくる声に、つい、手を止めてしまっている。

「この先にあった洋食屋に行ったんはいつやったかいな」

「もう三十年も前とちゃいますか？　あのあたりもすっかり変わって。大きいビルができてますわ」

「そうか。また食べたかったんやけどな、あのビフカツ」

「そうですねえ」

自分の普段の生活では、もうあまり聞かなくなった、穏やかな抑揚のついた昔ながらの大阪弁。

真後ろにいるので、大きく振り返ってはっきり見ることはできない。肩越しにちらっとうかがってみた感じでは、黒っぽい服を着たおばあさんが、わたしとちょうど背中合わせに座っているようだ。その向かいにいるのは、声からしてかなり年配の男性。おじいさんとおばあさんは、たぶん夫婦だ。歳を取ってもこうして二人で難波《なんば》に出かけてくるのは、仲がいいのだろう。

「変わった言うて、変わってへんとこなんぞないけどな。わしが最初にここに来たときに見た、漆喰《しっくい》に黒瓦《くろがわら》の店が並んでる街なんか、幻やったんかと思うわ」

「なんもかも焼けてしもて。このへんからでも上町《うえまち》の坂がよう見えてたわ」

何歳なのだろう。空襲の時の記憶がはっきりあるということは、少なくとも七十五歳以上。当時小学生だとしたら、八十代かも。このあたりの街が大空襲でほとんど焼失といっていい被害を受けたのは、一九四五年の三月のことだ。

耳に入る会話を聞いてしまうだけでなく、つい、その人のプロフィールを推測したり、状況を想像してしまう。それがきっかけになって小説が書けることもあるにはあるが、情報収集のためというよりは、単純に野次馬的な興味にひっぱられてしまう。

「わしは三月はまだ富田林《とんだばやし》におったからな。北のほうを見たら、空が真っ赤で明るうて。一晩中見とったなあ」

「うちはその真っ赤の下におったんよ」

「ほんま、あんたは苦労してるわ」

「そうそう。苦労はしたなあ」

きっと、わたしには想像もつかないような、苦しい生活を乗り越えてきたのだ。それから何十年を経て、二人でこの喫茶店でお茶を飲めるのは、幸福なことにちがいない。

通路を挟んで隣のテーブルには、若いカップルがいる。

「わー、おいしそう！　かわいい！」

パステルイエローのスウェットを着た女の子の高い声は関西のイントネーションで

はなく、傍らにキャリーバッグを置いているのからしても、観光でやってきたのだろう。

　ホットケーキをスマートフォンで撮影している。角度を変えて、何度もパシャッと大げさな音を鳴らしている。男の子も、彼女と同年代の二十歳そこそこ。大阪に来たのは初めてのようだ。

　ホットケーキ、わたしも頼もうか、とテーブルの端のメニューを開く。飾り切りしたメロンやりんごが踊るように盛りつけられたパフェ、器からバナナが飛び出しているプリンアラモード、ころころとかわいらしいクリームみつ豆。写真自体は古びているが、見ているだけで楽しい気持ちになる。

「ええねえ、今の若い人らは。楽しそうやねえ」

　うしろのおばあさんも、隣のカップルをほほえましく見ているようだ。

「明石《あかし》のおじさんはどうしてる？　あの家も空き家になってもう何年経つやろか」

「そろそろ、片付けなあかんやろねえ」

「海の見える、立派な家やったなあ」

「そうやったねえ」

　しばらく、二人の会話は明石の海辺に行った思い出話が続き、わたしは結局甘い物は頼まず、帰るまでに仕上げなければと校正作業に戻った。トマトジュースを飲み干してしまったところで、声が聞こえた。

「さあ、行こか」

「うちが払うわ。たまには、おごらせてえな」

「そうか。ほな、おおきに」

彼らが立ち上がるのに合わせて、わたしは斜め後ろを振り返った。

テーブルとテーブルとの間に、二人の姿。

わたしは、えっ、と声を上げそうになった。

そこにいたのは、少女と、少年だった。

おそらくまだ十代の、どこかの学校の制服を着た少女と少年。

白いシャツに紺のプリーツスカートの少女は、長い黒髪が美しかった。まっすぐな髪の下にちらっと見えた横顔は、薄くほほえんでいた。少年は、青く見えるほど真っ白なカッターシャツに黒い学生ズボン姿で、振り返って店の中をぐるっと見回した。

それから、二人で顔を見合わせて、店を出て行った。

わたしは振り向いて、うしろのテーブルを見た。

そこには、きれいに平らげられたパフェの細長いグラスが二つ、残されていた。

「懐かしいよね」

そう言ったのは、若いカップルの女の子だった。

過去を懐かしむような年齢ではない彼女は、しきりにその言葉を繰り返し、うっとりとした目で店内を見回しながら、ホットケーキの最後の一切れを口に入れた。

「そうそう、懐かしい」

ジャージの男の子も、そう言って、ほとんど氷ばかりになったクリームソーダを音を立てて吸った。

校正ゲラの余白に、懐かしい、と書いてみた。もう一度隣に、懐かしい？　と並べた。

わたしだって、この喫茶店ができたころはまだ生まれていなかった。この店みたいなモダンなインテリアも、自分自身の生活がそうだったというよりは、映画や写真で見て興味を持った世界だ。それでも「懐かしい」という感情を持ってしまうのは確かだけれど。

「昔、よく食べたんだよね」

女の子は、無邪気に笑っていた。

昔、って、いつのこと？

うしろのテーブルを、ウェイトレスが片付け始めた。振り返ったわたしと目が合うと、さっきのぎこちない愛想笑いとは違う、親しげなほほえみが返ってきた。だけど、その顔はどこか、さびしそうだった。

波打つ壁にくっついている、色とりどりの巨大な目が、楽しげに話す客たちをじっと見ていた。

二三　幽霊マンション

たまみは、いつものように到着が遅れていた。

昼過ぎの猪子島公園には、誰もいなかった。学校がある時間ではあるが、子連れの母親も時間を潰《つぶ》す老人も、一人も見当たらなかった。わたしは、公園の中央にある滑り台に登ってみた。狭い。手すりに挟まれて、方向転換も難しいくらいだった。こんなに狭かっただろうか、小さい遊具に取り替えられたんじゃないだろうか、と疑問に思うが、記憶の中の光景と目立って違うところは見つからない。

腰を下ろして、滑り台に脚を投げ出した。日差しを浴びたステンレスは熱を溜《た》めていて、デニム越しでも熱いくらいだった。

見晴らしは、思ったよりもよかった。

正面には、猪子島中学校の裏門がある。二十年前に卒業した中学校は、木曜日の午後の授業があるはずの時間だが、校舎の窓はどこも暗く、人影はない。

校庭も、からっぽだ。今日は、創立記念日だった。なぜ学期途中の半端な日付が創立記念日なのか、と、この学校に通っていたころも思ったが、いまだに理由は知らない。調べようとしたこともない。

四階建ての校舎を見上げる。塗装をし直した壁の明るい白は、よそよそしい。

三階の右端が、一年の時の教室だ。

窓際の席だったことがある。授業を聞かずに、外を見ていて何度か先生に怒られた。わたしの席から、あのマンションは、確かに見えていた。

二週間前、中学の同級生、三階の右端の教室でいっしょだったたまみに、覚えているはずだと言われた、あの青いマンション。

この街に戻ってきて以来、ときどき会うようになったたまみは、わたしに、なにか忘れていることがあると、告げていた。大事なことを忘れている、覚えているはずなのに忘れたふりをしている、と。

海の底みたいに深い青色の、タイル張り。四階建ての細長い建物。

滑り台の上から、右に視線を動かしていくと、そこに、ある。二十年前と、なにも変わらない。

右隣の木造アパートは建て売り住宅に変わり、文房具屋があった向かいの一角にも別のマンションが建っているが、青いマンションだけが、まったく変化なく、古びる

 こともなく、そこにあった。あまりに様子が同じなので、かえって奇妙な印象を受ける。

マンションというには小規模だが、一階のエントランスに「猪子島マンション」と金属のプレートがかかっている。それで、同じクラスだったたまみも、他の同級生たちも、皆、マンション、と呼んでいた。

幽霊マンション、と。

わたしたちが中学に上がる数年前から空き家のまま放置されてはいたが、なにか出たとか、目撃したとか、具体的な噂があったわけではない。ユーレイ部員、くらいの軽い意味でそう呼んでいた。

中学一年の時、気がつくと、休み時間に一人になっていた。中学に入学するタイミングで引っ越して、小学校からの友だちがいなかったせいもあるが、要するにぼんやりしていたのだった。同級生たちは、入学式から二、三日の間に、必死になって自分が所属するグループを作っていた。そうしなければならないことを、ちゃんと知っていた。

クラスの子たちは、休み時間になるたび決まったグループで集まり、トイレにも連れだって行くのだった。トイレくらいもちろん一人で行ったっていいのだが、賑《にぎ》やかな声が聞こえる女子トイレに一人で入っていくと、急に静かになる。そして、妙にやさしい声で、こっち空いてるよ、先に使って、などと親切にされるのが、居心地が悪くて仕方なかった。

体育や家庭科でグループで活動をしなければならないときも、仲間はずれにされると言うよりはむしろ、「谷崎さんがかわいそうやから入れてあげないと」と、気を遣われた。彼女たちは、意地悪なんてしていなくて、やさしくしてくれていた。少なくとも、彼女たちはそう信じていた。

そのわりに、昼休みには誰も話しかけてはこなかった。グループの秩序を乱すのは、なにより避けなければならない行為だった。

休み時間に話しかけてきたのが、たまみだった。たまみだけが、やさしげでもなんでもなく、前の日に見たテレビの感想なんかを求めてきた。たまみもいつもは五人の女子グループで行動していたので、特別仲良くなったわけではないが、一日に一度でも話す相手がいることで、わたしは学校に通い続けることができた。

青いマンションは、今は、幽霊マンションではないようだ。

公園に向いた部屋の、二階の窓にはカーテンが掛かっているし、三階の窓にはぬいぐるみのうしろ姿が見える。昼間で出かけているのか、誰かがいる様子はない。

スマートフォンの時計を確かめた。

着いたら電話して、とたまみにメッセージを送って、わたしは滑り台を滑り降りた。思ったよりスピードが出て、怖かった。ついでに、降りきった勢いで地面に尻餅《しりもち》をついてしまった。

「猪子島マンション」の看板は、そのままあった。鈍く光る金属板の隅には、一九八五年とある。そんなに古くなかったのか、と意外に思う。廊下が奥に延び、ドアが三十ある集合ポストからは、チラシがはみ出していた。

ある。どこも表札は出ていない。

テレビの音が、どこからか聞こえてくる。観客のわざとらしい笑い声が響くが、なんの番組かはわからない。このマンションの部屋ではなく、隣の建て売り住宅からかもしれない。

突き当たりに階段がある。裏手はコインパーキングになっていて日が当たるので、明るい。

ぼんやりした記憶の中で、よみがえってくるこの階段は、暗く、湿っぽかった。

あのころ、左隣は自動車修理工場、裏手は印刷会社かなにかだった。ひびの浮いたコンクリートと錆《さ》びたトタン板。建物と建物の隙間を覗《のぞ》くと、鉄屑《てつくず》や空き缶が落ちていた。

その隙間も、今はこぎれいになって砂利が敷かれている。

四階まで上がってきた。

そこには廊下はなく、すぐ正面に真っ青なドアが一つだけあった。

そして、ドアは、半分開いていた。

知っている、と思った。

わたしはこの部屋を、よく知っている。前にも、入ったことがある。

躊躇《ちゅうちょ》もなく、わたしは部屋に入った。廊下をまっすぐ進み、開きっぱなしのふすまの向こうの部屋、その奥の窓。なにもかも、覚えていた。

突き当たりの窓を、開けた。

生ぬるい風が、皮膚を撫《な》でた。ぞわり、と鳥肌が立つ。正面には、中学の校舎があり、三階の端の教室の窓がよく見えた。誰もいなかったはずの暗い窓の一つが開いて、カーテンが外にはみ出して揺れていた。

その陰に、誰かいる。

白い制服のシャツを着た、女子生徒。

彼女の顔を見たとき、わたしは、この部屋のできごとを思い出した。

中学一年の二学期になって、クラスの中心にいる女子たちの間で、占いだのおまじないだのが流行《はや》り始めた。

そのうちにエスカレートして、カミサマを呼び出して答えを聞く、という遊びに夢中になり始めた。たいていは、片思いがどうなるかとか誰がいちばんもてるかとか他愛のないことを聞いて騒いでいたが、なにかの拍子に、彼女たちの指先がたどる紙の上の文字が怖いメッセージになることがあるらしかった。昼休みや放課後に廊下まで悲鳴が響き渡って、先生が走ってきたこともあったし、一人の女子が倒れて保健室に運ばれたこともあった。

「あれ、ほんまなんかな」

掃除当番のときに言ったのは、わたしだった。

たまみは、机を拭《ふ》きながら、

「さあ。わかれへんよねー」

と、返した。それが、帰るころになって、聞いてきた。

「わたしらもやってみる？」

なんて答えたかは、忘れてしまった。

ほどなく、先生たちからその遊びの禁止が言い渡された。女子たちは、文句を言っていたが、とりあえず教室ではやらないようにしたみたいだった。

その時期のことだった。休み時間に、窓際の席で外に目をやって、何の気なしにわたしは言った。

「あの幽霊マンションって、空き家なんやんな」

すぐ前の席に後ろ向きに座っていたたまみは、同じ方向に視線を向けたあと、言った。

「わたし、鍵《かぎ》、持ってこれるねん」

たまみの家が商店街の入口にある不動産屋だということを、わたしは思い出した。もうすぐ新しい持ち主に引き渡されるらしく、それまでのあいだ、父親があの建物の管理をしている、とたまみは言った。それから、他の階とは違って四階は元のオーナー一家が住んでいた広い部屋であることも、たまみは知っていた。もちろん、たまみがその鍵を持ち出していいはずはなかった。鍵を収めている棚の開け方を、たまみが覚えてしまったというだけで。

「入れるやん」

わたしは単純に、そう言った。空き家とはいえ他人の家に入っていいのか、先生や、もしかしたら警察にだって怒られる、不法侵入、なぜかそんなことはまったく頭に浮かばなかった。鍵があって、誰もいないなら、入れる。

「そう、入れる」

たまみは、自慢げに少し顎《あご》を上げて笑った。禁止された遊びをしていた他の女子たちよりも、ちょっと大きな秘密を、わたしたちは共有することになった。

次の日、たまみは、本当に鍵を持ってきた。昼休みに見せてくれたその鍵は、たまみの白い掌《てのひら》の上で鈍い銀色に光っていた。二つあって、片方は端のところどころが金色っぽく変色していて、使い込まれたものに見えた。「401」と書かれたプラスチックの愛想のないプレートがくっついていた。もう片方の小さいのは、マンション入口に後からつけた柵《さく》の鍵だと、たまみは言った。

わたしたちが窓際でその鍵を前にしてお弁当を食べているあいだ、五、六人の女子が教室の後ろで頭を寄せ合って、こっそり「カミサマ」を呼び出していた。誰かの隠し事を聞き出そうとしているらしかった。先生に禁止されたくらいでは、彼女たちの好奇心は収まらなかった。

昼休みのあいだも、午後の授業中も、開け放った窓の向こうのあの青いマンションを、わたしは何度も確かめた。

四階の窓は暗く、変化はなかった。ただ、目を離しているときに限って、その暗い四角いところで白いなにかが動いたような気がした。慌てて視線を戻しても、そこにはただ窓があるだけだった。

授業が終わって、たまみと二人で、普段は閉まっている裏門側に回った。公園にいるのは、二、三人の小学生だけだった。顔見知りの生徒の姿が近くにいなくなったのを見計らってから、「猪子島マンション」に近づいた。一階の廊下手前に設置されたアルミ製の柵を開けて、素早く中に入った。隣の自動車修理工場の陰になって、廊下は薄暗かった。

「なんで誰も住んでないんやろね」

「所有者が行方不明になって、もめてたんやって。でも、やっと売れて、もうすぐきれいにして貸し出すみたい。だから、入れるのは今だけやで」

たまみは、ちょっともったいぶるように、「401」のプレートがぶら下がった鍵を顔の前で振って見せた。

気分は高揚していた。

わたしたちはクラスの女の子たちよりもちょっと悪いことをやる、というその年齢にありがちな優越感からだった。

灰色の壁越しに、自動車修理工場の機械の音が響いてきた。ときどき、エンジンをかける音もした。

廊下にも階段にも、人の気配は全然なかった。一階の廊下に面した小窓のカーテンが半分閉まったままだったり、階段の踊り場にからっぽの植木鉢が放置されていたけれど、人が住んでいた感じは希薄で、空き家になってから何年も経っているのだろうと適当な推測をした。

「もったいないなあ」

「うーん？」

「空いてるんやったら、ただで住ましてくれたらええのに」

「そんなん、うちの商売成り立たへんやん」

「そうか。でも、たまみの家は広いけど、うちは……」

そのころ、わたしの家族は、団地の狭い一室で暮らしていた。自分の部屋もなかったから、ここをこっそり使えたらいいのに、と階段を上がるあいだに妄想した。漫画を壁際に並べて、好きな色の絨毯《じゅうたん》を敷いて寝転がる。そんな場所があれば、家にも帰らなくていいかもしれない。

四階は、確かに、他の階と違って階段を上がってすぐにドアがあった。外壁と同じ深い青色のドアだった。

一応、ノックをした。時間をおいて、三回。反応はなかった。それから、金属製のドアに耳をつけたり、新聞受けのところから中の様子をうかがったりしてみた。人の気配はまったくなかった。

たまみは、握った鍵を確かめるように見てから、ドアノブの上の鍵穴に差した。ことん、と重みのある音がして、自分の家に帰ったときみたいに、鍵はなんの問題もなく開いた。

ドアノブをそっと押すと、湿っぽい空気が流れ出てきた。

その瞬間、耳のそばで声が聞こえた。なんて言ったのかは聞き取れなかった。小さくて、低い声だった。

思わず、たまみの顔を見た。たまみも、わたしを見ていた。同じことを考えている、とわかった。

「あれ、今……」

「……うん」

「なんか、人が通ったような」

中年の男の人。その感覚がぱっと体に飛び込んできた。顔はわからないけど、確かにすぐそばをすり抜けた。

それでもなぜか、そんなに怖い気はしなかった。こんなもんなのか、と拍子抜けすらしたほどだった。

黒くておどろおどろしい表紙の恐怖漫画や、テレビの大げさな演出で語られる怪談話みたいな盛り上がりがない。道端ですれ違う普通の人間と同じような感触。

たぶんたまみも、似たようなことを感じていたと思う。

わたしたちは、丁寧に玄関で靴を揃えた。窓にカーテンが掛かっていないし、部屋を仕切るふすまは全部開けてあったので、部屋は意外に明るかった。もしたまみの家の不動産屋に借りるつもりで案内された部屋だとしたら、いい印象を持つと思った。

ただ、ある程度長く放置されていたのは確かで、全体に埃《ほこり》が積もっていて、歩くとビニール素材の廊下には足跡がついた。古い木材のにおいがした。

「なんかこの部屋だけ、今でも住んではるみたいな感じやね」

流し台があり、その奥がいちばん広い部屋だった。壁際に本が並んだ棚があり、当時はまだブラウン管のそれにしては大型のテレビが窓際に置いてあった。その前にはレースのカバーが掛かった茶色いソファがあった。

「でも、冷蔵庫、ないし」

キッチンにはガス台もなかった。

「やっぱりただの空き部屋かあ」

わたしたちは、棚に並ぶ本を見た。歴史ものや推理小説と古くさい百科事典。友だちの家でよく見る組み合わせ。玄関側にある二間の和室も覗いたが、座布団が積んであるだけだった。

なにを期待していたわけでもなかったが、「発見」と思えるようなものも、以前の住人の人となりを感じ取れるようなものも、見つけられなかった。

それでも、押し入れを開けるのは少し怖かったし、ソファに座ってテレビを見る気もないし、そうすると特にすることも思いつかなかった。

「行こうか」

「うん」

靴下がよごれてしまったか見ようとして、ふと、本棚の前に、落ちているものに気づいた。小さな、白っぽい、石？

「なんやろ」

わたしが伸ばしかけた手より早く、たまみが、拾い上げた。

二人の顔の間に、たまみはその白いものをかざした。石の先は、二股《ふたまた》に分かれていた。踊ってる足みたい、と思った。

「……歯？」

たまみが言った。そのときには、わたしもそれが人間の臼歯《きゅうし》だと気づいていた。

「ひゃあっ」

たまみが、それを思わず床に落とした。

次の瞬間、黒い影のようなものがわたしたちの間を通った。

「わかった」

低い声。

さっき玄関で聞いた声、ととっさに思った。しかし、もっとはっきりとした、強い声だった。心臓がつかまれたように縮み、血の気が引いた。

影が走った先、声が聞こえたほうを振り向くと、テレビだった。消えたままの、大きなテレビの暗灰色の画面。そこに、窓からの光を受けたわたしとたまみが反射して映っていた。ブレザーの制服を着た中学生、二人。

わたしもたまみも、脚の力が抜けてその場にへたり込んだ。

わずかに湾曲したガラスに映る女子中学生二人は、立ち上がって、こっちを向いた。

そして、そのわたしの顔が動いた。口を開けて、しゃべった。

「今、わかった」

次に、ブラウン管の表面でわたしの隣に立っているたまみの顔が、大きく口を開けた。

「誰か、知ってる」

カセットテープの再生スピードを遅くしたような、重い響きだった。

消えたテレビに映るわたしたちは、床にぺったりと尻をついたまま動けないわたしたちを見下ろしていた。

「おまえも」

テレビに映るわたしの口は、顔の半分まで開く。血を塗ったように、真っ赤だった。

「おまえも」

その隣のたまみの顔も、二つに割れてしまいそうなほど口を開けた。

「名前を、覚えた。どっちが、ここを開けた……」

わたしの顔は、歪《ゆが》んだ。下がった顎が右へずれ、斜めに伸びていく。

顔の下半分がまるで溶けるように歪んでいるのに、上半分は普通だった。毎朝鏡で見る自分の顔そのままで、目はむしろ笑っているようにさえ見えた。

「うそをついたら、二度と……、帰れない」

たまみの顎は操り人形のようにかくかくと上下していた。

「たまみが……」

自分の声が、聞こえた。あれ、わたし、しゃべってる、とどこかで別の自分が聞いているような感覚だった。しかし、ブラウン管に映るわたしではなく、床で震えているわたし自身の口が声を出しているのを、ちゃんと感じていた。

「たまみが、鍵、持ってるからって」

驚くほど、すんなりと声が出た。

すぐそばの本物のたまみは、こっちを見ることさえできないようで、

「わたしは……」

と、小さくつぶやくのだけが聞こえた。

テレビに映るわたしたちの、口が元に戻った。そして、わたしはわたしを、たまみはたまみを、目を大きく見開いてにらみつけた。

「忘れるな」

男の声に、別の誰かの声が重なる。

「忘れるな。忘れるな」

何人もの声が、それだけを繰り返した。

そのあとどうやって部屋を出て、家に帰ったのか、どうしても思い出せない。


気がつくと、わたしは、青いドアの前に立っていた。ドアは、閉まっていた。

階段に人の気配がして振り向くと、たまみが、立っていた。

二四　夢

ときどき見る、同じ夢がある。

わたしは、コンクリートの建物に入っていく。昔住んでいた、団地に似ている。十一階建ての、定規でひたすらまっすぐ線を引いたような愛想のない建物だ。ただし、壁は青い。あのマンションと同じ色だ。表面は古くなって、ひびや水の流れた跡が目立つ。

わたしは、エレベーターを待っている。緑色のドアは、冷たく光っている。ガラス窓の部分にはエレベーターシャフトの暗闇が見える。

いくら待っても、エレベーターも来ないし、他に人影もない。外も、暗い。夜中だ。

ずいぶん待って、やっとエレベーターが降りてくる。

わたしは一人で乗り込む。ドアの右側に丸いボタンが11まで並んでいる。8を押す。オレンジ色に点灯する。ドアが閉まって、エレベーターはひゅううと音を立てて動き出す。

上昇していく箱から、ドアの窓越しに各階の廊下が見える。子供が三輪車に乗っている。夜中なのに、と思う。でも、他の階にも子供の姿が見える。笑い声も聞こえる。

あれ、とドアの上を見る。そこに並ぶ数字は、エレベーターの位置を表している。11まである。その11が、光っている。だけど、エレベーターは停まる気配がない。むしろ、スピードは上がっている気がする。ドア越しには、廊下が見えては、遠ざかり、また別の階の廊下が見える。

エレベーターは、停まらない。

子供の笑い声が、大きくなる。何人もの、大勢の声だ。

エレベーターはどんどん速くなり、すごい勢いで、何階分もの廊下が過ぎていく。

もう二度と、元の世界には戻れないのだ、とわたしは知る。

猪子島公園の隅のベンチに、たまみと並んで座っていた。午後七時近いのに、まだ明るい。このまま日が暮れないような気さえしてくる。湿ったぬるい風が、わたしたちを撫《な》でていく。

「わたしが見る夢はな、その続きがあるねん」

たまみは、中学の校舎を見上げていた。窓ガラスに、空が映っていた。

「エレベーターは、そのうちに停まる。何階なんかは、もう、わかれへん。ドアが開いたら、他の階と同じ、廊下がある。いつのまにか、夜中になってる。誰もおらんし、どの部屋にも電気はついてない。もう、建物じゅうどの部屋にも誰もおらんようになったんやな、ってわたしはわかる。廊下を歩いていって、いちばん奥の部屋のドアが開いてる。わたしはその部屋に入る。右側に台所。その先の部屋に、あのテレビがある。消えた画面じゃなくて、テレビはついてて、その中の部屋にわたしが映ってる。部屋の中にいるわたしが、なにかを探してるみたいにうろうろしてる。それから振り返って、わたしはわたしに気づく。テレビの画面を見てるわたしに。気づいて、テレビの中のわたしは驚く。ものすごく怖いものを見た顔。人間ってこんな顔ができるんや、っていうくらい、目を見開いて、口を歪《ゆが》めて、こっちを見てる。まだ？　って、その歪んだわたしが聞いてくる。まだこっちの世界に来ないのか、って」

たまみが話すのを聞いていて、わたしは泣いた。涙が、後から後から流れてきた。

「その夢な、月に一回は見るねん。あのマンションの部屋に入った日から。あれから、二十年間。もう終わるかな、もう見いへんかな、って思っても、また、始まる」

たまみは、わたしの顔を見ないで話し続けた。

「あんたは見てないんや、忘れてるんやって、気がついて、それはちょっとずるいんちゃう？って思った。それだけやねん」

青いマンションの、四階のあの部屋に、もう一度入ったあの日から、毎日のように、わたしは、同じ夢を見るようになった。たまみに聞いたとおりだった。いちばん奥の部屋のテレビには、わたしが映っている。わたしはわたしに気がついて、ものすごく怖《おそ》ろしいものを見た顔をする。それから、まだ？と聞く。まだこっちの世界に来ないの、と。

行かない。

隣を見ると、たまみがいる。

行かない。わたしは行かない。

たまみが、強い声で繰り返す。そして、わたしの腕をつかむ。しっかりと。わたしも、なにか言おうとする。行かない、と声に出そうとする。そこで、目が覚める。

たまみは、その夢を見なくなった。やっとよく眠れるようになった、と教えてくれた。

二五　宮竹さん

「こんにちはー」

宮竹茶舗の四代目は、引き戸を開けて店に入ったわたしを見るなり、

「あ」

と言った。

「なんですか、あ、って」

「いや、なんとなく」

四代目は、立ち上がって頭のうしろを掻《か》いた。後頭部には寝癖がついていた。

「地図、ありがとうございました」

「いや、なんか役に立ったんやったらよかったけど」

「ええ、それはもう、助かりました」

「そう」

四代目は、店の奥を行ったり来たりしたが、特に意味はないようだった。行ったり来たりしながら、わたしのほうを確かめるようにちらちらと見た。そして、自分でなにか納得したふうに頷《うなず》いた。

このところ、道を歩いていたり、電車に乗ったりしているとき、人の視線によくぶつかる。わたしが見返すと、その人たちは、忘れていたことを急に思い出したような、白昼夢を見ていてふと我に返ったような、そんな顔をして、通り過ぎていく。

ほんとうは、前から、こんなことはよくあった。駅で、喫茶店で、道端で、知らない人と目が合う。その人はちょっと不思議そうに首を傾げ、通り過ぎていく。振り返られたことも、あった。

自分が元々、人に興味があって、喫茶店でつい会話を聞いてしまったり、電車で向かいの人を観察してしまったり、だから小説家になったのかもしれないが、そういう性分だから、人と目が合いやすいのかと思っていた。

だけど、たぶん違っていた。中学一年の時、たまみと青いマンションの四階の部屋に入った日から、わたしはそれまでとは少し違ったふうになっていたのだ。それまで暮らしていた世界と、別の世界との隙間みたいなところに、存在するようになっていたのだ。と、今は思う。

青いマンションでのできごとを、忘れていたのではない。ちょっと違った世界を生きていることに、気づいていなかっただけだった。そしてわたしがいる世界がどんなところなのか、まだよくわかってはいないのだけれど。

宮竹茶舗はアパートと駐車場の経営が主になっているとたまみが言っていたが、それでも心配になるほど、お昼前のこの時間、客は来ない。店の前の人通りさえほとんどない。

会話が途切れると、奥の壁に掛けてある古い時計の振り子の音がはっきり聞こえる。しかし、この時計は正時になっても鳴らない。

先月借りた古地図を、わたしは鞄《かばん》から出して、宮竹さんの前に広げた。今日も、地図はきれいで、染みも手形もなにも痕跡《こんせき》はなかった。

江戸末期、明治になるほんの数年前の年号が入った地図。ひと月手元に置いておいても、宮竹さんと、この店に長く勤めていた中野さんというおばあさんに聞いたような変化は、なにも起こらなかった。

「調べてみたんですけど、このあたりで火事があったみたいですね。町の半分以上が焼けるような、ものすごい大火やったようです」

中野さんが、手形が浮き出たと言った範囲を、わたしは指でなぞった。ざらざらした和紙の感触が、指先に伝わってくる。百五十年もこんなにいい状態で残っていたのが信じられないほど、頼りない紙だ。

宮竹茶舗の四代目は、腕組みをして、地図を睨《にら》んでいる。

「火事なあ。聞いたことは、ない」

「お店、この場所には移転してきたんですよね。なにか、つながりがあるのかもしれませんね」

「元々はそっちのほうに住んどったらしいしな」

今ではもう覚えている人がいなくなったできごとで、どこかとどこかがつながっている。遠い過去と今と、誰かがいた場所とわたしがいる場所と、結びついている。地図を見ていて、わたしはそんなことを考えていた。

今日は、わたしを見ても、四代目は眠そうではなく、はっきりとした顔つきだ。四代目は、怪奇現象が近づくと眠気に襲われる、と話していた。だから、この店で起こった数々の怖いできごとは直接は目撃していない、と。

最初に地図のことを聞きに来たときも、そのあとで蔵で地図を探してもらったときも、わたしが近づくと今にも眠り込んでしまいそうなくらいだった。なにかあるのか、と聞いても教えてはくれなかったけど。それが今日は、こんなにすっきりした様子なのは、前にあったなにかが今はなくなった、ということなんだろうか。

その代わり、わたしのほうが、眠い。

この店に入った途端に、急激に眠気が強くなった。頭のうしろが痺《しび》れる。

「だいじょうぶですか？」

四代目の声が、遠くに聞こえる。

わたしは、あくびが出そうになったのをこらえた。

「ええ、すみません。ちょっと……」

人影、と思ったら表のガラス戸が勢いよく開いた。

「毎度」

客ではなく、商店街の花屋だった。白い花びらの縁が紫に色づいた、トルコキキョウの花束を届けに来た。両手で抱えるほど、大きな花束だった。何本あるのか、すぐには数えられない。

外から入ってきた風と、その白と紫の明るいコントラストで、少し眠さが薄れた。

花屋のおじさんは、宮竹さんと挨拶《あいさつ》代わりの近所の噂話をして、帰って行った。

畳に置かれた花束を、宮竹さんは目で示した。

「今日、奥さんの月命日なんですよ」

「そんな日に、すみません」

宮竹さんは、奥さんが好きだった日本酒をこれから買いに行くと言った。

「おれは飲まれへんからようわからんのやけどね。一応酒屋で選ぼうと思って。勘で」

宮竹さんは、店の奥のほうを振り向いた。そこに奥さんにつながるなにかがあるのか、わたしにはわからない。

それから、こっちに向き直って、少しほほえんだ。

「夢にでも出てきてくれたら、と思うんやけど、一回もないんや。なんでやろね」

「夢の中じゃなくて、別のところにいるんじゃないでしょうか。この店のどこか……」

宮竹さんは、腫《は》れぼったいまぶたの下の、意外にかわいらしい目をわたしに向けた。笑みは消えていた。

「適当なこと、言わんでええよ」

「……そうですね」

「中野さんが、脅かして悪かった、って言うてたわ」

「いえ、おかげで、やっと怪談小説が掲載に至りましたから」

「そら、よかった」

「じゃあ、この地図はお返しします。ほんとにありがとうございました」

「ええわ、そんなん。もうこの家にこれ以上気色悪いもんいらんから、持っといて」

からん、と音がした。

わたしは、音が聞こえた方向を見上げた。年季の入った階段簞笥《だんす》の上の、茶筒。この店ができて以来、絶対に触ったり動かしたりしてはいけないと伝えられている、あの錆《さ》びた茶筒。

宮竹さんは、階段簞笥の上に視線をやりながら言った。

「気色悪いなんか言うたら怒られるな」

「聞こえてるんでしょうか」

「……おれ、あの茶筒もこの家のいろんなことも、正直そんなに怖ないんや。直接見てないせいもあるやろけど、ただ、そこに自分とはちょっと違う人がいてはるいうことなんかなって思てる」

宮竹さんの目を見つめたが、そこに何が映っているのか、わたしには見えなかった。

「ほな、地図は蔵に戻しとくわな」

「お願いします」

ときどき、こうして話せればいいと思う。だけど、地図も返してしまったし、会う理由がなくなってしまった。あまり来ないほうがいいかな、とも思う。

怪談作家への道は、まだまだ険しそうだ。地図がきっかけであれこれ調べてみたし、この街には歴史的なできごとがたくさんあって、遺構もあちこちに残っているから、時代小説家を目指そうか。十年くらいかかるかもしれない。

「それじゃあ」

「はいよ」

宮竹さんは軽く片手を上げて、それからトルコキキョウの花束を分け始めた。閉めたガラス戸越しにその姿をしばらく見てから、わたしは商店街を歩いた。来たときよりは、人通りは増えていた。カートを押した老婆や、コンビニの袋を提げた若い男や、子供を連れた母親や、誰もがひどくゆっくりと歩いていた。体がどんどん重くなって、もうすぐ停まってしまう、そんな歩き方だった。

これから、たまみとランチに行く。今日は、四川《しせん》料理らしい。新しくできたビルに入っている。そこには昔、小学校があって、廃校になった後長らく放置されていた場所だ。

かもめ州商店街の端のバス停から、ターミナル駅に向かうバスに乗った。わたしの他に乗客は、優先席に座っている老婆一人だけだった。

「発車しまーす」

運転手の間延びしたアナウンスが響いた。老婆が頷く。大きなバックミラー越しに、運転手がいちばん後ろの席に着いたわたしを確かめた。

窓の外を見る。日差しが強くなって、世界は白っぽくそこら中が光って、このまま消えてしまいそうだった。

二六　写真

「今度、写真を見てくださいませんか」

書店でのトークイベントが終わったあと、声をかけてきた人がいた。

若い、学生にも見える男性。怪談関連の本のイベントで、遅めの時間に始まったから、そのときには書店の閉店が迫っていた。お早めにお求めください、とアナウンスが流れ、会場の椅子も片付けられはじめたなか、ひょろ長いシルエットの彼はわたしの前にまっすぐ立っていた。

書店の人も編集の人も、そろそろ撤収です、という視線をわたしにちらちら送っている。

「すみません、今日はもう時間がなくて」

「ええ、わかってます」

今どきの若い子のわりに、妙に礼儀正しい話し方だと思った。まっ白いシャツ、黒縁眼鏡。「まじめな生徒」という役柄にあつらえたような服装だ。

「今じゃなくても、いいんです」

背が高いので、わたしは彼を見上げる恰好《かっこう》になる。白い肌で、あまり表情はない。近くで見ると、最初の印象より年齢が上だったかも、と思う。こういう年齢不詳の人って、学校のクラスに一人はいたな、と思った。

「今度、なにかまた、機会があれば」

わたしが言いかけたら、彼がほとんど遮るように言った。

「来月も、イベントありますよね」

「あっ、そうなんです。ちょうど、ここで」

「では、そのときに」

彼はお辞儀をして、姿勢よく歩いていこうとした。

「写真って」

わたしは声をかけた。

「どういう感じのですか？」

彼は立ち止まって、振り返った。

「普通の写真です。ただ街角を写しただけの」

怪談を書こうと決意してから二年、ようやく単行本が世に出た。書いているあいだは闇雲にわからない道を歩き続けているような不透明な毎日だったが、一冊の本になって出版されると急にそこに書いた世界がはっきりした輪郭を持って存在するように感じる。開いて読み返すと、これをほんとうに自分が書いたのだろうかと、奇妙な距離を味わうこともある。

とにかく、本は無事に書店に並んでいる。刊行から半年が経って、怪談のイベントやトークショーにも、ときどき出演する。相変わらず、わたし自身には、幽霊は見えないし、すぐに怪談が一本書けるような怪奇現象にも遭遇していない。たまに、ふと、感触の違う空気のようなものがすぐそばを通り過ぎた気がすることがあるが、はっきりとなにかがわかるわけではない。

自分に直接起こりはしないが、自分の体験談や知人のことを聞いてほしい、という人がときどき現れるようになった。手紙も送られてくる。手紙の中には、先を読むのが怖くなって封筒に戻してそのままになっているものもある。

写真、と言われたのは初めてだ。

今日は、ホラー映画についてのガイドブックを出版したライターの人と、怪談の朗読イベントを続けている女優さんと、三人でのトークイベントだった。怖い話を語るのではなく、人はなにを怖がるか、というのがテーマだった。ホラー映画の怖がらせるポイントの解説が興味深かった。

書店を出て、打ち上げというにはささやかな遅い夕食となった。蕎麦《そば》屋で、古い木造家屋の二階を改装した店だった。階段の壁には錆《さ》びた琺瑯《ほうろう》看板の広告が掲げてあったが、昔からここにあったものか演出のために買ってきたものか、判然としなかった。

「デジタルカメラになってから、心霊写真って減りましたよね。加工が簡単にできるって、誰でも思うからかもしれませんね」

ホラー映画を解説したライターの西脇《にしわき》さんが言った。怪談朗読会を五十回以上続けている女優のはるかさんが、鴨汁に蕎麦湯を注ぎながら頷《うなず》いた。

「小学生のころ、テレビで夏休みになるとよくやってましたよねー。わたし、ああいうの大好きで。ここは以前病院やお墓でなんて説明されちゃうとなんだかつまらなくて、わけのわからない変なのが好きだったな。二階の窓いっぱいに巨大な人の顔があるのとか。確かに、今は聞かないですよね。旅行の写真も焼き増ししたりしなくて、SNSにその場でぱっとあげちゃうから、そんな隙がないって感じなんですかね。そのかわり、動画は結構ありますけど」

「あ、見たことあります。おわかりいただけただろうか、っていうやつですよね」

わたしは、日本酒のお代わりをしようかどうか迷っていた。

「何回も戻したりスローにしてみたりしても、全然わからないのってありますよね」

「外国ので、日本のホラー映画の影響もろに受けてるのとか、笑っちゃいますけどね。

だけど、前に見て、忘れられないのがあるなあ。窓の向こうからだんだん人影が近づいてきて……」

「わー、やめてください。わたし、映像系のそういうの苦手なんです」

手で自分の耳を塞《ふさ》いで言ったのは、はるかさんの事務所の女性だった。

本が出たらほしいものがあった。

翌週、打ち合わせの帰りに古道具屋、と呼ぶにはおしゃれすぎるような、中古品店に寄った。さびれた商店街の、シャッターばかりが目立つ並びにぽつんと営業をしているのを、近くのお寺を取材に来たときに見つけたのだった。近所の家から引き取ってきたものがほとんどのようで、贈答品の食器やタオル、木彫りの熊やフランス人形、ちょっと古い型の電化製品などが雑多に置かれている中に、ときどき、昭和のモダンなデザインのグラスや和簞笥《だんす》などがあった。

机がほしかった。店の奥、このあいだ見たのと同じ場所に、それはあった。ノートパソコンとお茶を置いたらいっぱいになってしまうくらいの小さめの、焦げ茶色の机。特に装飾もない、いたってシンプルなデザインだ。右側に、小さな引き出しが二段、ついている。そこも、丸い取っ手がついているだけ。

指を開いて、天板の大きさを測ってみる。かわうそ堀のわたしの部屋の窓際にほどよく収まりそうだ。板にはいくつか傷があるし、端は少しささくれ立っている。やすりをかけて、ニスを塗ったほうがいいかもしれない、と近づいて見ていると、引き出しに目がとまった。

一段目の上から、糸のようなものが、はみ出している。緑色の、刺繡《ししゅう》糸くらいの太さのものが、五センチほど伸びていた。

わたしは、引き出しを開けてみた。緑色の糸みたいなものは、引き出しの中につながっていた。そこには、小さな村があった。鉄道模型のジオラマのように、緑の木々が植えられ、家がいくつかあった。本屋と花屋の看板も出ている。とても精巧にできているので、感心した。

緑の糸みたいなものは、その村の真ん中を蛇行する道につながっていた。引き出しの奥の暗いほうへ続いている。

子供のころから、こういうお話が好きだった。簞笥やクローゼットのなかに別の世界がある。頭の上に池ができて花見が始まる、なんていうのも、絵本を持っていて繰り返し読んだ。

わたしは、腰をかがめて、引き出しの奥のほうを覗いた。暗く、どこまでも続いているように見える。目を凝らすと、小さな点が動いているのに気づいた。真ん中の道を、小さな人間が、歩いてきた。おじいさんとおばあさん、と小さくてよく見えないのに、そう思った。

「ああ、それはついさっき、売れてもうたんですわ」

急に野太い声が聞こえて、わたしは少々驚いて顔を上げた。店主らしい年配の男が立っていた。店の中なのに、野球帽を被《かぶ》っている。

「今、売約済みの札をつけようとしてたところで。すんませんねえ」

「いえ、そうですか」

視線を戻すと、引き出しの中には村はなかった。正確に言うと、引き出しの底に、子供の落書きみたいな絵で道と木と家が描かれていた。

わたしは、そっと引き出しを閉めた。

「……どんな人が、買わはったんですか？」

「個人情報やからねえ」

店主は、わたしと机の間に入り、板に手をかけて店の奥方向に五十センチほど動かした。

それから、わたしを見た。

「探してた、って言うてはりましたね」

店主の顔は、野球帽のつばの陰になってよく見えなかった。

「この机を、長い間、探してた、って」

わたしは、店を出た。二段目の引き出しを開けてみなかったことを後悔した。


写真を、と言ったあの若い男は、言ったとおりに翌月のイベントにもやってきた。

イベントは、怪談についてではなく、何年ぶりかで恋愛がテーマだった。恋愛ドラマのディテールについて話したりちょっと変わった恋愛とも読める小説を紹介したり、恋愛小説家という肩書きを離れてみると、気楽に楽しめた。

お客さんがほとんど女性だったので、本棚に囲まれた狭いスペースのいちばんうしろで立っている彼には、最初から気づいていた。前とまったく同じ恰好の彼は、イベントが終わって、お客さんがほとんどいなくなってから話しかけてきた。

彼が肩にかけた黒い布のバッグから出してきたのは、確かにごく普通の写真だった。古くもない、カラープリントの一般的なサイズの写真。観光地で撮った記念写真のようだ。レンガ造りの建物の前で、学生服の十人ほどが固まってポーズを取っている。

思った通り、修学旅行で、と彼は言った。

よくあるパターンでは人数にくらべて手や足が多いとか、誰かの肩口からいるはずのない人が覗いているとか、と思ってじっと見たが、それらしきものは発見できなかった。

顔を上げると、彼はわたしを見ていた。そして、写真の右端を指さした。

「この人、服装が変わってますよね。髪型も」

建物のドアの前に、女の人が立っている。二十代くらいだろうか。ボウタイのついたベージュのワンピースに、白いパンプス。大きなウェーブのパーマがかかった髪をまとめている。普通と言えば普通だし、変わっている、と言えばそうだろう。四、五十年前に流行《はや》ったような「普通」だから。

「確かに、今、こういう人はあんまりいないですね」

「ここで昔、大きな火事があって、そのときの人が、今でも人を待ってるそうです」

彼は、わたしと会話しているというよりは、ガイドみたいに自動的に話しているようなしゃべり方だった。

「……それに似た話、わたしも聞いたことあります。この近くにある、わたしが中学生くらいまではデパートやったビルがあるんですけど、そこの角で待ち合わせしてると、知らない人が、待った？　って声をかけてくるって」

彼の足下でなにかが光った。視線を移すと、床が濡《ぬ》れている。しかも、動いている。さらさらと、水が流れている。わたしの足下にも。うしろから、流れてくる。

驚いて振り返ったが、そこには本棚が並び、本を開いているお客さんが数人いた。

もう一度足下を見ると、水はなく、白い床に照明が眩《まぶ》しく反射していた。

写真をわたしのほうに向けたまま、彼が言った。

「この人のこと、わかりますか？」

「いえ、わたしは、怪談を書いてはいるんですけど、そういうのはさっぱり……」

「わかりますか？」

もう一度言ってから、彼は、写真を鞄《かばん》にしまうと、軽く頭を下げた。

「また来ます」

そして、階段を下りていった。

彼と入れ違いに、書店員さんと話し終わった今日のイベントを企画した編集者が戻ってきた。彼女は、階段のほうを振り返った。

「さっきの人」

彼の姿はもうなかった。

「わたし、絶対会ったことあると思うんですけど、思い出せなくて」

また来ます、と彼は確かに言ったが、わたしはそれがどんな声だったか、すでに思い出せなかった。

二七　鏡の中

海に近い温泉町の旅館で取材を、と提案をもらったのは、かなり前に一度仕事をしたことのある出版社からだった。

谷崎さんが怪談を書かれるなんて意外、と思ったんですけど、読み返してみると恋愛小説の中にも少しその要素がありますね。

打ち合わせで、編集者はそう言った。

どういうところがですか？　とわたしは聞き返した。

なんと言ったらいいか、常にそこにいない誰かのことが人の心理に影響しているというか……。登場人物たちがなんとなくその場じゃないところに心が浮遊している感じがあって……。

十年近く前に彼女が依頼をしてきたのはまさに「恋愛小説」の特集企画だった。もう曖昧《あいまい》な記憶をなんとかたぐると、「恋愛」と名のついた企画ですがもう会えない人への思いをモチーフにしたものを男女の関係にこだわらずに書いていただくのはどうでしょうか、というようなことを依頼文に書いていた気がする。それで書いた短編は、消息不明の女友だちをめぐる話になった。そういえばあれはどの単行本にも入っていないままだ。

彼女は、今は怪談や幻想小説をメインにした雑誌の編集部にいて、日本全国の怪奇現象スポットに詳しくなったそうだ。わたし自身は幽霊だとか不思議な体験には全然縁がないんですけど、そのくせ怖がりだから、夜遅くに届いた原稿を人の少ない会社で読んでいるとびくびくしてしまって、と笑っていた。その中で今回提案されたのは、戦前にある小説家が宿泊し、その体験を日記に書いているという旅館だった。

手渡された古い本のコピーを読むと、その小説家は一週間ほどその宿に滞在していて、三日目の夜中にふと目が覚めると窓際に知らない女が座っていた、と、よくありそうな話だった。

「恋愛小説家」と言われていたころは「恋愛」の依頼ばかりもらったが、怪談小説を一冊出してみると、「恋愛」はまったくなくなって、「怪談」関連の依頼が次々にくる。もともと怪談に詳しかったわけではないので、世にはこんなに怪談や怖い話の本や企画があるものなのかと今さらながら感心している。それに「恋愛」が減ったのは、わたしが怪談を書いたせいだけではなく、世間的に「恋愛」というジャンルが難しい時代なのかなとも思う。テレビドラマも、わたしが子供だったころはとにかく恋愛がメインだったが、今は恋愛を扱うにしても職場の問題やサスペンスが主軸じゃないと成立しなくなっている。

十月の終わり、もらった切符の通りに、新幹線と在来線を乗り継いで、降りたところは小さな温泉町だった。駅前には土産物屋や最近作ったらしい足湯があってそれなりに賑《にぎ》わっていたが、バスで坂を上って着いた旅館は、谷間《たにあい》の静かなところだった。瓦《かわら》屋根の風情のある建物だが、玄関やロビーは明るく改装されていて、日記を読んで想像していたのとは違った。通された部屋は二階の真ん中。八畳の和室、障子で仕切った窓側のスペースに一人掛けのソファが二つに丸テーブルが置いてある、典型的な旅館の客室だった。窓の下には川が流れていた。日記に書いてあった通りだが、同じ部屋かどうかはわからない。

窓を開けると、水音が心地よく響き、まだ紅葉の始まらない木々の先に少しだけ川《かわ》面《も》が見えた。

座卓に置かれていたお茶を飲んで一息ついていると、部屋の隅に置かれた鏡台が気になりだした。細長い鏡には、緑色の麻の葉文様の布が掛けてあった。焦げ茶色の木で作られた鏡台自体は古いが、布は新しい。

お茶菓子を食べているあいだも、ちらちらと鏡台のほうを見てしまった。あの布を取ったほうがいいのか、そのままにしておいたほうがいいのか。部屋に他に鏡はなさそうなので、そのうちにあの鏡を使うことになりそうだから、早めにめくっておこう、と決めた。わたしは、閉まっているドアや蓋やカーテンを開けるときに、いちいちょっとどきどきしてしまうところがあるのだった。

近寄って、めくってみた。ごく普通の、鏡だった。そこには、長時間の移動で少し疲れた顔の自分が映っていた。鏡を見ながら髪を直し、布はめくったままにしておいた。それから浴衣《ゆかた》に着替え、風呂《ふろ》に行き、部屋で夕食をとった。

古い旅館だから、風呂はあまり広くなかったし露天風呂でもなかったが、ちょっと熱めのちょうどいい湯温だった。温泉めぐりが趣味らしい年配の女の人たちのグループがいて、あの温泉がよかった、今度はどこへいこうと賑やかに話していた。

夕食の魚の鍋《なべ》で満腹になり、しばらく窓際の椅子でぼんやりしていた。川のせせらぎの音もしたが、隣の部屋がさっき風呂でいっしょになった女の人たちなのか、笑い声や話し声が聞こえていた。幽霊、なんて雰囲気ではないなあ、と一人で笑ってしまう。

編集者から手渡された資料をめくった。翌日は、小石を沈めると願いが叶《かな》うといわれている池がある神社や河童《かっぱ》伝説がある淵《ふち》などをめぐることにしていた。河童かー。と、プリントアウトされた河童の絵を見ながら、河童に遭遇したら怖いのだろうか、かわいいのだろうか、と想像してみたりした。

十月の終わりとはいえ、谷間は夜は冷え込む。一人で温泉宿にいると当然時間を持てあまし、翌朝は苦手な早起きをするのでとりあえず寝ることにした。

和室に戻ったそのとき、なにか、変な感じがした。あれ？　と、振り返った。

そこにあったのは、あの鏡台だった。

細長い鏡に、わたしが、映っていた。

だけどそれは、わたしの顔ではなく、わたしのうしろ姿だった。

最初は、なんだかわからなかった。

部屋にある鏡に、部屋が映っている。

部屋にはわたしがいるから、鏡にはわたしも映っている。

だけど、映っているのは、うしろ姿。浴衣にえんじ色の羽織を着た、わたし。肩の下までの髪を下ろしている、わたしの頭。

わたしが動くと、鏡の中のわたしも同じように動いた。当然だ。鏡だから。

思考が停止したまま、鏡に近づいた。

わたしの頭が目の前に見えた。わたしの顔ではなく、頭。髪。

わたしは、その場に座り込んだ。脚に力が入らなかった。鏡の中のわたしも座り込んでいる。背中を向けて。

顔を見るにはどうしたらいいんだろう、と思う。振り向くと、鏡は見えなくなる。

顔を振り向けながら、視線だけ鏡を見ようとする。鏡の中のわたしも、確かに同じように動いて、振り向いて、横顔が見えそうになる。しかし、なぜか、見ることができない。鏡の中のわたしの顔のあたりが透明になっている？

わたしではないのだろうか。

鏡の中にいる浴衣に羽織のうしろ姿は、わたしに見える。しかし、わたしは自分のうしろ姿をこんなふうに見たことは今までなかったのだった。しかし、なぜか、見ることができ写真の隅や、友人の結婚式を撮影した動画に映っていたのを見たことがあるだけで、こんなふうに近くでじっと、自分の背中や頭を見たことはなかった。

とても奇妙なことが起きているのはわかるが、思考がうまく働かない。頭の芯《しん》が痺《しび》れたような感覚だけがあった。しばらく、そこに座り込んだまま、わたしはわたしの頭と背中から目を離せなかった。

どれくらい時間が経ったか、おそらくほんの数分だったと思うが、隣の部屋からひときわ大きな笑い声が聞こえた。お風呂で会ったのとは違う、とても若い女たちの声だった。それで、わたしははっとして、部屋を見回し、とても怖くなった。鏡の中にはまだ、うしろ姿のわたしがいた。それを見ないよう顔をそむけて立ち上がり、手探りでめくり上げていた布を戻した。

大きく息をついて、そうすると、また急に怖くなった。部屋を替えてもらうべきだろうか。いや、そもそも、幽霊が出る場所を確かめるためにここに来た、そういう仕事の依頼だった。

窓を開けた。冷たい風が吹き込んできた。川の音が聞こえた。隣の部屋は、いつのまにか静かになっていた。部屋の灯《あか》りが外のナナカマドの葉をぼんやりと照らしていた。

風邪を引くかも、と思って、窓を閉めた。仕事を引き受けたのだから、と意を決して、部屋の電灯をつけたまま、布団に潜り込んだ。明るくても眠れるタイプでよかったな、とこんなところでのんきなことを思った。

目を閉じてもしばらく眠れなかった。さっきの鏡の中の自分の姿がずっと浮かんだ。人間は、鏡やなにかしらの道具を使わなければ自分の顔さえ見ることができない。自分が常になにかを見ている目を、自分が人から認識されている最も中心である顔を、この目で直接見ることすらできない、というのはずっと不思議に思ってきたが、うしろ姿はもっと見る機会がないのだと、ようやく知った。

わたしのうしろ姿。いつも、誰かから見られている、わたしの背中。わたし自身であり、常にそこにあるのに、見ることができないわたし。

夢は見なかった。窓際の幽霊も、現れなかった。部屋を暗くしなかったのは、引き受けた仕事の依頼に反していただろうか、と焼き魚の朝ごはんを食べながら少し後ろめたく思った。小説家の日記には、暗い中でぼんやりと女のうしろ姿が見えたとあった。そして、小さな声でなにかをつぶやき続けていた、と。

鏡台の布は、掛けたままにしておいた。朝ごはんを運んできてくれた仲居さんに、この旅館は怪談話があったりしますか、と聞いてみたら、なんだかそんな話を読んだとかで来られる方がいらっしゃいますけど、わたしは全然知らないんですよ、と明るく笑った。

宿を後にして、バスで神社と河童の淵を回り、写真を撮った。河童には会えなかったし、写真にもなにも写っていなかった。

かわうそ堀の自分の部屋に戻ってきたのは、夜になってからだった。部屋の中は、前日の朝出たときとどこも変わっていなかった。恐る恐る、まず洗面所の鏡を確かめ、風呂場の鏡を確かめた。ちゃんと、顔が映った。自分が左右反転して、こちらを向いていた。左手を上げれば、向かって左側の手を上げた。

それから、リビングの姿見を確かめた。それもやはり、ごく普通の鏡だった。

締め切りが迫っていたので、その週末のあいだに原稿を書き上げた。

温泉宿の怪談は、鏡のことは書かなかった。昔の小説家が見た女の姿を想像して、幽霊の語る話を聞く短い話を書いた。編集者にも、鏡のことは言わなかった。送信した短編を読んだ彼女からのメールには、川のせせらぎに混じって聞こえる声は怖いですが、美しくてなつかしい感覚がとてもありました、と書いてあった。最後に、こうあった。

それでもなぜか、谷崎さんの書かれるものには、なにか空白があるというか、そこにないもの、見えないものの気配を感じてしまいます。ほんとうは知っているはずなのに、気づかないふりをしているような、気になるところがあるんです。

わたしは、自分の書いた原稿をもう一度読み返してみた。部屋の中に、鏡台があったことも書かなかった。書くのを避けたから、不自然になった部分があるだろうか。読み終わって、顔を上げると、鏡が目に入った。本棚の脇に立てかけてある、細長い姿見。中で、なにかが動いたのが見えた。

その瞬間にもうわかっていたのだが、わたしは立ち上がって、鏡に近づいた。

そして、そこにうしろ姿のわたしがいるのを、見た。

鏡の中のわたしは、小さく肩をふるわせて笑っているように見えた。泣いているのではなく、笑っていると思った。

その日から、姿見にはわたしと同じ方向を向いた、つまりうしろ姿のわたししか映らなくなった。

それ以上のことは起こらなかったので、そのままにしておいた。一か月経ったころから、鏡の中のわたしは、だんだんわたしとは違う動きをするようになった。鏡から離れて、玄関のほうへ歩いていく。わたしは、鏡に顔をくっつけて、その中のわたしの部屋の奥を覗《のぞ》き込む。そこにあるのは、左右が反転しているだけでこちら側とまったく同じ、部屋だ。

この間はとうとう、ドアを開けて出かけていった。鏡を覗き込んでもドアは見えないのだけど、ドアを開けて、閉めた音がする。鍵《かぎ》も掛けている。

わたしに見えるのはうしろ姿だけで、こっちを向くことはない。顔が見たいような気もするし、見てはいけないような気もする。

もしかして、わたしのほうが鏡の中にいるんじゃないか、と思うことがある。あのうしろ姿のほうがわたしで、ここにいるわたしは、ガラス板の中に閉じ込められた、単なる光の反射に過ぎないかもしれない、と。それとも、あのうしろ姿が、わたしではない誰かなのだろうか。あの旅館の部屋にいた、誰か。

怪談の依頼は順調にあり、もうすぐ二冊目の本も出せそうだ。

解説

藤野《ふじの》可織《かおり》（作家）

こんな質問をされたことはないだろうか。

「あなたは幽霊を見たことがありますか？」

あるいは、こんなことを言う人に会ったことはないだろうか。

「私は幽霊を見たことがあります」

私は怪談が好きなので、一般的な人よりは多少多くこんな質問をし、またこんなことを言う人に会ってきたかもしれない。それだけでは足りず、実話怪談の本もよく読んでいる。これまで聞いたり読んだりした無数の目撃談を思い出してみる。幽霊たちはただたたずんでいた、通り過ぎて行った、という話があり、自分ではない人にしがみついていた、という話もあった。

圧倒的に多いのは、幽霊のほうから積極的なかかわりがあったという証言だ。目撃者に向かってなにか怖いことを言ったり、就寝中の体に乗り掛かってきて首を絞めてくるなどの加害行為におよぶことすらめずらしくない。また、幽霊はしばしば振り返る。目撃者は、顔だけは見てはいけない、と直感する。それからどうなるかは、いろいろだ。見た、という話もあるし、結局見なかった、見ないようにした、とも聞く。

本書『かわうそ堀怪談見習い』を読んで、気づいたことがある。とても大事なことだ。私はずっと「見た」という話を追い求めてきた。本書には、そういうことももちろん書かれている。でも同時にこうも書かれている。なにかこの世ならざる者が「わたしを見ている」と。それも頻繁に。従来の語りでは幽霊は、圧倒的に目撃されるものとされてきた。つまり、私たちが幽霊を「見る」。しかし、幽霊から積極的なかかわりがもたれる場合、幽霊もまた目撃者を「見ている」はずだ。幽霊を「見る」ことの多くは、本来幽霊に「見られる」こと込みで起こることなのだ。

本書は、謎に満ちた小説である。主人公は、小説家。彼女は恋愛小説家として成功しているにもかかわらず、そのことに違和感をおぼえてなぜかこれからは怪談を書くと決意する。それにともない、なぜか東京から3年ぶりに郷里の街に居を移す。新居は、彼女が12歳から3年前まで住んでいた区の隣の区にあるかわうそ堀二丁目。環境が整ったところで、彼女は「怪談を書こうと決意したものの、わたしは幽霊は見えないし、そういう類《たぐ》いのできごとに遭遇したこともない。」と述べる。そこで、取材のため、中学の同級生だったたまみと連絡を取る。

この小説は、主人公が体験したりたまみやその他の人々に取材したりして得た奇妙な話が、ゼロ「窓」からマイナス一「怪談」を経て二七「鏡の中」まで、断章の形式で連なっている。たびたび話題に上るがどう考えても心当たりのない「鈴木《すずき》さん」、買い直しても買い直してももとの古書店の棚に戻ってしまう怪談本、まるくて白っぽくて足のついた変な生き物を見てしまった話、高校時代に蜘蛛《くも》の恨みを買ってしまったたまみ、知らない人からの不気味な留守番電話メッセージ、天井がいやに低い木造アパートには塞《ふさ》がれて使えない押し入れがあり、マンションの短い廊下にはこつ、こつ、と硬い靴で歩く音が響き続け、老舗《しにせ》の茶舗には開けてはいけない茶筒や真っ黒な手形の染みの浮き出る古地図が伝わっている……。

これらのぞっとする話のひとつひとつが謎めいているのに加え、全体を通じて提示される謎がある。それは主人公の記憶にまつわる謎だ。彼女は取材をしている最中もひとりのときも、常に、自分はなにか重大なことを忘れているのではないか、という考えにとらわれているのだ。なんだっけ、誰だっけ、どこだっけ……。忘れている、という実感は次第に強くなっていく。そして彼女がとうとう思い出したとき、郷里に帰ってきたのも怪談作家になろうと決めたのも、すべてはただその記憶を思い出すためだったのだということがわかる。

けれど本書は、これで解決、といった具合にはおさまらない。これまでの断章を貫いてきたこの謎が解き明かされると同時に、今度は、それを内包するもっと大きな謎が本書全体を靄《もや》のように覆っていることが明らかになるからだ。

それは、主人公がとらわれているもうひとつの実感、誰かが「わたしを見ている」つまり見られていることにまつわる謎だ。忘れていた重大な体験を思い出したあとでも、この見られているという実感は続いている。それについて、彼女はこんなふうに思う。あの体験をした日以来、「わたしはそれまでとは少し違ったふうになっていたのだ。それまで暮らしていた世界と、別の世界との隙間みたいなところに、存在するようになっていたのだ。と、今は思う。」

では、「別の世界」とはどこだろう。それについては、二三「幽霊マンション」に書かれている。主人公が忘れていたことを思い出す、クライマックスともいえる章だ。ここでは、テレビが重要な役割を果たしている。主人公は、テレビに映った自身の鏡像に見られたばかりか、とても怖いことを言われるのだ。この瞬間、「それまで暮らしていた世界」とはテレビの前の世界であり、「別の世界」とはテレビの中の世界であるにちがいない。

テレビの中の世界、というと、ふつうは、放映されているドラマやCMやニュースのことを思う。テレビの中の人は、私を見ない。それは不可能だ。私がテレビの中の人を見るだけだ。テレビに似たもの、たとえば映画ではどうだろう。やはり私が映画の中の人を見、映画の中の人は私を見ない。小説はどうか。私は小説を読み、描き出された人々の営みを見る。いっぽう、小説の中の人が私を見つめ返すことは絶対にない。どれも当たり前の話だ。けれど、私たちは果たしてそれに心から納得し、満足しているのだろうか？　私たちは、テレビの中の、映画の中の、小説の中の愛する人たちに、絶対に触れ合えず、私たちが一方的に見るだけで絶対に私たちを見てくれない圧倒的な他者に、私たちを見てほしいと強く願っているのではないだろうか？　主人公が言う「それまで暮らしていた世界と、別の世界との隙間みたいなところ」とは、まさにそれがかなう場所だ。そこでは、どちらかが一方的に見ることはない。お互いにお互いを見る。お互いがお互いに見られる。

本書は、幽霊というものの正体を看破し、指差しているのではないかという気がする。幽霊、あるいはざっくり幽霊とくくられる異形の者たちは、私たちの、他者を見、他者から見られたいという欲望を満たす存在なのかもしれない。ただしそれはありえないことだから、かなえられると同時に私たちから恐怖を引き出さずにはいられないのだ。

本書の最終章二七「鏡の中」は、この文庫版のために書き下ろされた章だ。これは、この小説の中でもっとも怖い。予想もしなかったことに、これまで「見る」ことと「見られる」ことの中で不思議な安定を保っていた世界が、とつぜん崩れ去るのだ。詳しくはここでは書かないけれど、主人公はある条件下で「見られる」ことを失う。

それはそのまま、主人公がもはや「それまで暮らしていた世界と、別の世界との隙間みたいなところ」からまたさらにずれた場所に行ってしまっていることを意味している。そこはもしかしたら、すでに「別の世界」なのではないか？

とはいえ、この最終章は、ただ怖いばかりではない。なぜなら主人公は小説家だから。小説を書くことは、よく見ようとすることに似ている。彼女がいるのが「それまで暮らしていた世界」であろうが「隙間」であろうが「別の世界」であろうが、小説家としての彼女に必要なのはとにかく「見る」ことなのだ。「見る」ことに集中しはじめる姿は、彼女の小説家としてのさらなる飛躍を期待させる。

期待しつつ本書の読者である私は本を閉じて、そして、私が彼女を見ていたこと、彼女が私を見なかったことに遅まきながら思い至ってぞっとする。私は彼女とは「別の世界」にいる。それは彼女が「それまで暮らしていた世界」でもなく、まったく別の「別の世界」。途端に、がたっと世界がずれたような感覚を味わう。それはいつもなら、読んだのがこの本でなかったのなら、起こることのない感覚だ。

いったいどれだけの「別の世界」があるのだろう。「別の世界」と「別の世界」のあいだには、いったいどれだけの「隙間」があることだろう。この小さな文庫本は、合わせ鏡みたいに無限に世界をずらしつづけて私たちを迷子にしてしまう、おそろしい本だ。

本書は、二〇一七年二月に小社より刊行された単行本を文庫化したものです。「二七　鏡の中」は、本書のための書き下ろしです。

かわうそ堀《ぼり》怪《かい》談《だん》見《み》習《なら》い

柴《しば》崎《さき》友《とも》香《か》

令和2年 2月25日 初版発行
令和6年 11月15日 4版発行

発行者●山下直久

発行●株式会社KADOKAWA
〒102-8177 東京都千代田区富士見2-13-3
電話 0570-002-301（ナビダイヤル）

角川文庫 22031

印刷所●株式会社KADOKAWA
製本所●株式会社KADOKAWA

表紙画●和田三造

ISBN 978-4-04-108439-7 C0193

角川文庫発刊に際して

角川源義

第二次世界大戦の敗北は、軍事力の敗北であった以上に、私たちの若い文化力の敗退であった。私たちの文化が戦争に対して如何に無力であり、単なるあだ花に過ぎなかったかを、私たちは身を以て体験し痛感した。西洋近代文化の摂取にとって、明治以後八十年の歳月は決して短かすぎたとは言えない。にもかかわらず、近代文化の伝統を確立し、自由な批判と柔軟な良識に富む文化層として自らを形成することに私たちは失敗して来た。そしてこれは、各層への文化の普及滲透を任務とする出版人の責任でもあった。

一九四五年以来、私たちは再び振出しに戻り、第一歩から踏み出すことを余儀なくされた。これは大きな不幸ではあるが、反面、これまでの混沌・未熟・歪曲の中にあった我が国の文化に秩序と確たる基礎を齎らすためには絶好の機会でもある。角川書店は、このような祖国の文化的危機にあたり、微力をも顧みず再建の礎石たるべき抱負と決意とをもって出発したが、ここに創立以来の念願を果すべく角川文庫を発刊する。これまで刊行されたあらゆる全集叢書文庫類の長所と短所とを検討し、古今東西の不朽の典籍を、良心的編集のもとに、廉価に、そして書架にふさわしい美本として、多くのひとびとに提供しようとする。しかし私たちは徒らに百科全書的な知識のジレッタントを作ることを目的とせず、あくまで祖国の文化に秩序と再建への道を示し、この文庫を角川書店の栄ある事業として、今後永久に継続発展せしめ、学芸と教養との殿堂として大成せんことを期したい。多くの読書子の愛情ある忠言と支持とによって、この希望と抱負とを完遂せしめられんことを願う。

一九四九年五月三日

角川文庫ベストセラー

週末カミング　柴崎友香

週末に出逢った人たち。思いがけずたどりついた場所。いつもの日常が愛おしく輝く8つの物語。『春の庭』で第151回芥川賞を受賞。一瞬の輝きを見つめる珠玉の短編集。

ファイナルガール　藤野可織

私のストーカーは、いつも言いたいことを言って電話を切る（「去勢」）。リサは、連続殺人鬼に襲われ生き残るというイメージから離れられなくなる（「ファイナルガール」）。戦慄の7作を収録した短篇集。

ジュリエットの悲鳴　有栖川有栖

人気絶頂のロックシンガーの一曲に、女性の悲鳴が混じっているという不気味な噂。その悲鳴には切ない恋の物語が隠されていた。表題作のほか、日常の周辺に潜む暗闇、人間の危うさを描く名作を所収。

赤い月、廃駅の上に　有栖川有栖

廃線跡、捨てられた駅舎。赤い月の夜、異形のモノたちが動き出す——。鉄道は、私たちを目的地に運ぶだけでなく、異界を垣間見せ、連れ去っていく。震えるほど恐ろしく、時にじんわり心に沁みる著者初の怪談集！

幻坂　有栖川有栖

坂の傍らに咲く山茶花の花に、死んだ幼なじみを偲ぶ「清水坂」。自らの嫉妬のために、恋人を死に追いやってしまった男の苦悩が哀切な「愛染坂」。大坂で頓死した芭蕉の最期を描く「枯野」など抒情豊かな9篇。

角川文庫ベストセラー

幽談　京極夏彦

本当に怖いものを知るため、とある屋敷を訪れた男は、通された座敷で思案する。真実の〝こわいもの〟を知るという屋敷の老人が、男に示したものとは。「こわいもの」ほか、妖しく美しい、幽き物語を収録。

冥談　京極夏彦

僕は小山内君に頼まれて留守居をすることになった。襖を隔てた隣室に横たわっている、妹の佐弥子さんの死体とともに。「庭のある家」を含む8篇を収録。生と死のあわいをゆく、ほの暝（ぐら）い旅路。

眩談　京極夏彦

僕が住む平屋は少し臭い。薄暗い廊下の真ん中には便所がある。夕暮れに、暗くて臭い便所へ向かうと――。暗闇が匂いたち、視界が歪み、記憶が混濁し、眩暈をよぶ――。京極小説の本領を味わえる8篇を収録。

おそろし　三島屋変調百物語事始　宮部みゆき

17歳のおちかは、実家で起きたある事件をきっかけに心を閉ざした。今は江戸で袋物屋・三島屋を営む叔父夫婦の元で暮らしている。三島屋を訪れる人々の不思議話が、おちかの心を溶かし始める。百物語、開幕！

あんじゅう　三島屋変調百物語事続　宮部みゆき

ある日おちかは、空き屋敷にまつわる不思議な話を聞く。人を恋いながら、人のそばでは生きられない暗獣〈くろすけ〉とは……宮部みゆきの江戸怪奇譚連作集「三島屋変調百物語」第2弾。

角川文庫ベストセラー

きのうの影踏み　辻村深月

どうか、女の子の霊が現れますように。おばさんとその子が、会えますように。交通事故で亡くした娘を待ちわびる母の願いは祈りになった――。辻村深月が〝怖くて好きなものを全部入れて書いた〟という本格恐怖譚。

死者のための音楽　山白朝子

死にそうになるたびに、それが聞こえてくるの――。母をとりこにする、美しい音楽とは。表題作「死者のための音楽」ほか、人との絆を描いた怪しくも切ない七篇を収録。怪談作家、山白朝子が描く愛の物語。

エムブリヲ奇譚　山白朝子

旅本作家・和泉蠟庵の荷物持ちである耳彦は、ある日不思議な〝青白いもの〟を拾う。それは人間の胎児エムブリヲと呼ばれるもので……迷い迷った道の先、辿りつくのは極楽かはたまたこの世の地獄か――。

私のサイクロプス　山白朝子

出ては迷う旅本作家・和泉蠟庵。荷物持ちの耳彦とおつきの少女・輪、3人が辿りつく先で出会うのは悲劇かそれとも……異形の巨人と少女の交流を描いた表題作を含む9篇の連作短篇集。

虹色の童話　宇佐美まこと

2017年、長編『愚者の毒』で日本推理作家協会賞を受賞した宇佐美まことが贈る、イヤミス×怖い童話！　古びたマンションの住人たちに打ち続く不幸の裏にちらつく影は一体？　長編ホラーミステリー。

角川文庫ベストセラー

あひる　今村夏子

わが家にあひるがやってきた。名前は「のりたま」。近所の子供たちの人気者になるが、体調を崩し、動物病院に運ばれていってしまう。2週間後、帰ってきたのりたまはなぜか以前よりも小さくなっていて――。

妖精が舞い下りる夜　小川洋子

人が生まれながらに持つ純粋な哀しみ、生きることそのものの哀しみを心の奥から引き出すことが小説の役割ではないだろうか。書きたいと強く願った少女は成長し作家となって、自らの原点を明らかにしていく。

刺繍する少女　小川洋子

寄生虫図鑑を前に、捨てたドレスの中に、ホスピスの一室に、もう一人の私が立っている――。記憶の奥深くにささった小さな棘から始まる、震えるほどに美しい愛の物語。

幸福な遊戯　角田光代

ハルオと立人とわたし。恋人でもなく家族でもない者同士の共同生活は、奇妙に温かく幸せだった。しかし、やがてわたしたちはバラバラになってしまい――。瑞々しさ溢れる短編集。

あしたはうんと遠くへいこう　角田光代

泉は、田舎の温泉町で生まれ育った女の子。東京の大学に出てきて、卒業して、働いて。今度こそ幸せになりたいと願い、さまざまな恋愛を繰り返しながら、少しずつ少しずつ明日を目指して歩いていく……。